文春文庫

# 拝啓、本が売れません

額賀澪

# この本を書店で手に取った方へ

「面白そうじゃん。買おう」

そう思った方は、どうぞこのままレジへ。

「興味ないわ」

そう思った方、ひとまずこの本を棚にお戻しください。時間に余裕があるようでしたら、せっかく書店に来たのですから、他の本をどうぞ手に取ってください。

本屋さんには、たくさんの本があります。この本はその中のたった一冊です。

これだけたくさんの本があれば、《あなたに合わない本》も当然あります。しかし、《あなたに合わない本》以上に、《あなたを楽しませる本》がこの場所には大量にあります。

《あなたを楽しませる本》を探してみてください。きっとすぐに見つかります。

世界はそれくらい、《面白い本》であふれています。

額賀澪

目次

# 拝啓、本が売れません

**【この本の登場人物】**

＊このページで紹介する人々の経歴・職業は、すべて二〇一八年三月時点のものです。

**額賀《ぬかが》澪《みお》**……作家。二〇一五年に第二十二回松本清張賞と第十六回小学館文庫小説賞を受賞してデビュー。出版業界の荒波にもまれる日々。

**ワタナベ氏**……ＫＫベストセラーズの編集者。額賀と共に「本を売る方法」を探す旅に出る。

**黒子《くろこ》ちゃん**……額賀の同居人。フリーのシナリオライター。作家志望。

**【取材対象者**（敬称略・登場順）**】**

**三木《みき》一馬《かずま》**（元電撃文庫編集長、ストレートエッジ代表取締役社長）……鎌池和馬さんの『とある魔術の禁書目録《インデックス》』、川原礫さんの『ソードアート・オンライン』といった大ヒット作品を世に送り出してきた編集者。これまで担当した作品の発行部数は、なんと累計六千万部を突破。

**松本《まつもと》大介《だいすけ》**（さわや書店フェザン店・店長）……外山滋比古さんの『思考の整理学』（筑摩書房）、相場英雄さんの『震える牛』（小学館）などがベストセラーとなるきっかけを作った。出版業界がその動向を常に注目する書店員の一人。

**大廣《おおひろ》直也《なおや》**（株式会社ライトアップ・Ｗｅｂコンサルタント）……かつてサイバーエージェント社のコンテンツ部門にいたメンバーが中心になり設立されたライトアップ（老舗のメルマガ編集会社）で活躍するＷｅｂコンサルタント。

**浅野《あさの》由香《ゆか》**（カルチュア・エンタテインメント株式会社・映像プロデューサー）……映画『ＲｅＬＩＦＥ リライフ』、ドラマ『こえ恋』『アラサーちゃん 無修正』などを手がける。

**川谷《かわたに》康久《やすひさ》**（ブックデザイナー）……集英社「マーガレットコミックス」や新潮社「新潮文庫ｎｅｘ」のフォーマットデザインを手がけ、『君に届け』『青空エール』『俺物語!!』『アオハライド』といった大ヒットコミックの表紙をデザイン。

# 序章

## 「本が売れない」とされる時代の作家として

## 二〇一五年六月、一人の作家がデビューした

「毎年百人を軽く超える新人作家が生まれ、五年後はほとんど行方不明」

そんな恐ろしいことを大学時代に元編集者の先生から聞いたことがある。

二冊目で躓《つまず》くと大変。三冊目までにデビュー作を超えられないとまずい。三冊出してデビュー版元以外の出版社から長編執筆のお呼びがかからなかったらあとが苦しい。

新人作家が出版業界で見聞きするのは、そんな景気の悪い話ばかりである。

＊　＊　＊

自分の本が本屋に並んでなかったときの衝撃といったらない。

「やってることはワナビーのときと変わらん……」

作家デビューする前、作家志望——いわゆるワナビーだった頃は、新人賞の結果発表の日は書店で文芸誌を捲《めく》り、自分の名前がないことを嘆いていた。

今は、こうして書店で棚を眺めて嘆いている。

「発売から三ヶ月経つとはいえ、一冊も置いていないとは……」

人目を気にせず呟《つぶや》いた私の隣には、誰もいなかった。本屋なのに、小説の棚の前に誰もいない。これはこれで由々しき問題だ。

自宅から徒歩二十分のところにある書店を、私は買い物のついでによく訪ねる。当然ながら、書店に行けば自分の本が置いてあるか確かめてしまう。

本というものには賞味期限がないから、今日発売した本が五年後に誰かに買われる、ということも多々ある。読者にとっては、出合ったときが新刊なのだ。ところがそれを出版というビジネスの視点から見ると状況が変わってくる。本は発売からおおよそ三ヶ月が「新刊として扱われる期間」とされていて（もちろん、単行本か文庫本か、小説かそうでないか、もしくは出版社によってその物差しはさまざまあるけれど）、この間の売り上げが非常に重要なのだ。

書店の棚のスペースには限りがある。この本は売れてるとか、この作者は人気があるとか、版元からプッシュされているとか、残る理由のある本は棚を勝ち取り、残る理由のない本は撤去される。書店の棚は戦場だ。

私が三ヶ月前に刊行した小説は、ついにその戦いに敗れてしまったようだ。発売から三ヶ月経ったし、もう新刊扱いでもないし、よく頑張った方だろう。本棚を眺めながら、そんなことを考えた。

「自分の本が置いてなかったからって、そう気落ちするもんじゃないですよ」

本を何冊も抱えた人物が、「本屋に来るたびにそれなんですから」と近づいてくる。今日、一緒に書店まで来た、私の同居人だ。大学時代の同級生で、お互い貧乏だったこともあってルームシェアを始め、卒業してからもずっと同じアパートの一室で生活を共にしている。この本の中では《黒子《くろこ》ちゃん》という名前で書こうと思う。

そもそも私達が親しくなったのは、ジャンルは違うものの、学生時代から互いに作家を目指していたからだ。フリーのシナリオライターをやりつつ、ライトノベル作家を目指して日々執筆に勤《いそ》しむ黒子ちゃんの手には、今月発売のライトノベルが山を作っていた。

「額賀《ぬかが》さんの本、全部売れたのかもしれないじゃないですか」

黒子ちゃんはいつもいつも、そんな能天気で腹の立つ慰め方をする。執筆が上手く行かないとき、プロットや原稿がボツになってそれまでの作業がすべて無駄になったとき。

「まあまあ、気を落としちゃ駄目ですよ」と私の肩を叩くのが黒子ちゃんの仕事だ。

「それ、本心から言ってる？」

「返本されたんじゃないかなっていうのが本音ですけどね。もう新刊って時期でもないだろうし」

「君も出版業界の事情に精通してきたね」

「事情に精通する前にデビューしたいです」

捨て台詞《ぜりふ》のように言ってレジへ向かう黒子ちゃんを見送り、もう一度、本棚を見た。くそう、勝負作だったんだけどなあ。出版社も頑張って宣伝してくれたのになあ。重版かけたかったなあ。そんな愚痴を飲み込む。

本好きにとって、本屋は当然楽しい場所だ。大量の本が所狭しと陳列され、新刊が平積みされ、書店員の手描きのＰＯＰが花畑みたいに並び、まだ読んでいない面白い本と出合うことができる。

今も変わらずそう思っているけれど、二〇一五年の六月から、本屋はただの楽しい場所ではなくなった。本屋に行くたびに、楽しさと同じくらいの恐怖を感じるようになった。

私が、作家デビューをしたからだ。

みなさん、初めまして。私は額賀澪といいます。

一九九〇年（平成二年）生まれ。二〇一五年に松本清張賞と小学館文庫小説賞という二つの文学賞を受賞して、作家デビューしました。又吉直樹さんが『火花』（文藝春秋）で芥川賞を受賞する少し前です。出版界の荒波に揉《も》まれながら、何とか今日に至るまで小説を書き続けています。

バブル経済が崩壊した頃に生を受け、物心ついた頃には消費税はすでに導入されており、ソ連も東西ドイツも存在せず、日本中がとにかく不景気不景気不景気……の人生を歩んできました。スーパーファミコンと大学入試センター試験と浅田真央さんと同い年。世代的には「ゆとり世代」にあたります。

私がこの『拝啓、本が売れません』という本を書いたのは、デビュー三年目の二〇一七年から一八年の頃です。

当時、私は新人作家として、自分の今後に大きな危機感を覚えていました。本だってまだ十冊も出していない。世間の誰もが知っているような大ヒット作も出していない。自分の作品が映画やドラマになったこともないし、直木賞や本屋大賞といった大きな賞も取っていない。「本が売れない」と言われるこのご時世に、自分はどうすれば作家として生き残れるのか？　ずっとそのことを考えていました。

そんなとき、ひょんなことから『拝啓、本が売れません』という本を書くことになりました。

この本は、一人の小説家が自分の本をもっともっと売る方法を模索する、というものです。「何を書いてもいいよ！」と担当編集に言われたのをいいことに、「自分の本を売る方法」を取材して回りました。さまざまな場所へ出向き、さまざまな人と話をし、一冊でも多く自分の本を売って自分の寿命を延ばすべく右往左往するお話です。

この一冊の中に、本の売れない出版業界の起死回生の一手が潜んでいたら嬉しいです。自分もかつては作家志望だったので、作家を目指す人に創作のヒントやデビュー後の心構えなどを指南できたら、ちょっと誇らしいです。出版業界に進むことを目標にしている就活生がもしこの本を読んでいるなら、もしかしたら役に立つかもしれないです。

それでは、しばしお付き合いください。

# 第一章

# 作家と、編集者

## 額賀と同居人

私の同居人であり戦友である黒子ちゃんは、たまにこんな話をする。

「死に物狂いでデビューしたとして、編集者と上手く行かなかったらどうしようと、夜《よ》な夜《よ》な不安になることがあります」

黒子ちゃんはまだ作家デビューはしていないけれど、大手出版社が主催するライトノベルの新人賞で結構いいところまで行ったことがある。あと一歩、あと一歩なのだ。

「そもそも編集者とは、どういう人種なんですか？」

私達は都内でルームシェアをして暮らしている。駅から徒歩十分。築二十年超えの木造アパート。目の前を線路が通っていて、特急電車が通過するたびに家が揺れる。震度三くらい揺れる。一階は大家の住居で、日曜の朝は仮面ライダーを見てはしゃぐ大家の孫の声で目覚める。家賃は六万円だから、折半して一人三万円。

ワンルームの部屋に二人で暮らしているので、本棚二つ、執筆用の机二つ、タンス二つで部屋はいっぱいいっぱい。ベッドは一つしかなく、毎晩ジャンケンをして勝った方がベッドに、負けた方が机の下に布団を敷いて寝る。一応トイレとお風呂もついているけれど、お風呂は正方形で、体育座りをしないと入れない。洗面台がないから毎朝台所の水道で顔を洗い、歯を磨いている。

その気になればもう少し広く、駅から近いところに住めるかもしれない。でも、どんなに本が売れたって、明日どうなるかわからない……は大袈裟かもしれないが、再来年はどうなるか本当にわからない。

さて、そんな狭いアパートの一室で、私達は日々原稿と戦っている。

「出版社に勤める人というのは、競争の激しい中を勝ち抜いて入社するわけでしょう？やはり真面目な人が多いのでしょうか？　それともリア充が多いのでしょうか？」

「いかにも真面目な人にも会ったことがないし、ドン引きするほどのリア充にも遭遇したことはないなあ。黒子ちゃんでも、編集ってどんな人か気になる？」

「当然でしょう。リア充編集が出てきても絶対に話が合わないし、ギャルの編集が出てきたら最後、虐《いじ》められるに決まってる」

「ギャル……には会ったことないけど」

**作家志望が気になること**

作家デビューをしてから、かつての自分のような作家志望の方々と話をする機会が増えた。例えば大学の後輩だったり、講演会に来てくれた人、「文芸部で作家を目指して小説を書いてます」という高校生とか。

そのとき、いろんな人からよく聞かれる「あるある質問」というのがある。

「編集さんって、やっぱり怖いんですか？」

これだ。

作家にとって編集者は欠かせない存在だから、聞きたくなるのもよくわかる。私も作家志望だった頃、編集者という未知の存在に勝手に想像を膨らませ、勝手に恐れおののいていたから。

「こんな小説、話になりません。ボツです」なんて言いながら原稿を目の前でシュレッダーにかけちゃったり。「お前、本出したいんだよな？　なら俺の言う通りにやればいいんだよ！」なんて怒鳴り散らしたり。「どうせ作家なんて掃いて捨てるほどいるんだから」と作家を使い捨てたり。「内容なんてどうでもいいから。売れればいいの、売れれば」と売り上げしか頭になかったり。

悪い方に想像を膨らませるほど、こんな悪魔みたいな編集者像ができあがる。運良く作家デビューできたとして、こんな編集者ばかりだったらどうしよう……なんてことを考えていたのだ。

作家デビューして、似たようなことを考えている人が多いことに驚いた。

もしかしたら先に挙げたような編集者は実在するかもしれない。しかし幸いなことに私は出会ったことがない。もしかしたらめちゃくちゃ《編集者運》に恵まれているのかもしれない。

というわけで、作家が小説を書く上で欠かせない《編集者》という存在について、ここではまず書いていきたい。

「初《しょ》っ端《ぱな》から本の趣旨からずれてない？」と思う人もいるかもしれないが、作家は編集者抜きでは絶対に小説を書けない。編集者という存在について今一度振り返り、彼らとの関係をじっくり考えることは、いい作品を作る第一歩だろう。

## 作家と編集の関係

出版社を舞台にしたお仕事小説や漫画を通して、編集者という職業がどういうものか知っている人も多いかもしれない。小説家が小説を書き、それが本として書店に並ぶまでには、実に多くの人の努力と連携がある。その中でも特に小説家と、作品と密接に関わるのが編集者だ。

「どんな話を書くか」というスタートラインに作家と共に立ち、プロットという物語の設計図を作家と一緒に作っていく。取材にだって同行する。執筆が始まれば、作家に〆切を守らせるためにありとあらゆる手段に出る。作家が原稿を書き上げれば最初の読者となり、「どうすればもっと面白い作品になるのか」と頭を悩ませる。「ここを直そう」「○○を××すれば絶対にもっと面白くなる」と作家と意見を戦わせる。本が刊行されたら、その本をどう宣伝していくかまで、文字通り作家と二人三脚で走る。

作家が小説を書く理由は人によりけりだが、「本を出したい」「出した本をいろんな人に読んでほしい」と願うのは共通している。編集も同じことを考えている。

一、面白い小説を書く（書かせる）。
二、書いた小説をより多くの人に読んでもらう。

この二つが、作家と編集の共通の目標であり、これらを達成するために作家と編集は協力する。

小説というのは「〇〇と××を混ぜたらできあがり」とか「設計図通り作ればちゃんと動きます」などという作り方はできないから、作家も編集も、ビジネスライクをほんの少しだけ飛び越えた関係を構築する必要がある。互いの人間性とか、好みとか、抱えている葛藤とか、さまざまなものを作家と編集は共有する。

作家は編集者がいなければ本は出せないし（もちろん、例外はたくさんあるけれど）、編集者は作家がいないと仕事にならない。作家はやりたくないと思ったことは「やりたくない」と言うし、編集者も「これは駄目だ」と思ったら作家にストップをかける。互いに「ここまでは譲れません」というラインがあって、そこを探り合って、妥協できる塩梅《あんばい》を探す。ビジネスライクをちょっとだけ越えた、打算含みの親しい関係。そんな風に言い表せるかもしれない。

もちろん、さまざまな性格、性質、経歴、思想を持った作家がいる。同様に、編集者にも多種多様な人がいる。私も編集者ごとに異なる顔を見せているし、編集も私ではない作家を相手にするときは、きっと私の知らない一面を見せるだろう。

作家デビューして以来、さまざまな出版社の編集者と接して私が感じたことである。

## 額賀と愉快な担当編集達

松本清張賞と小学館文庫小説賞の二つを受賞してデビューした私には、デビュー当初から二人の担当編集がいた。文藝春秋に一人、小学館に一人。なかなか珍しいケースである。

文藝春秋でデビュー作『屋上のウインドノーツ』を一緒に作ったのはY下氏という女性編集者だ。単行本として刊行される際は、S藤氏というベテラン編集者が担当についてくれた。受賞作品であるはずの『屋上のウインドノーツ』のゲラに大量の緑色の付箋（＝修正指示）が草原のように貼られているのを見たときは、吐きそうになった。その後彼は異動してしまい、今は女性編集・Yロ氏が担当になっている。『さよならクリームソーダ』はYロ氏と作った。

小学館の担当はもともとファッション誌を作っていた女性編集・K江氏だ。もうひとつのデビュー作『ヒトリコ』、その後刊行した『タスキメシ』シリーズ、『君はレフティ』『ウズタマ』はこの人と作った。

デビュー版元である二社の担当編集は、どちらも私よりずっと年上のベテラン編集者だった。デビューしたての新人には、経験豊富な編集者を担当につけるのがいいと二つの会社は判断したのかもしれない。

と思ったら、もの凄く年の近い編集者が担当についている出版社もある。『潮風エスケープ』（文庫化にあたり『夏なんてもういらない』に改題した）を出した中央公論新社の担当・K森氏は、私より年下の平成三年生まれだ。年上のベテラン編集者が頼りになるのはもちろんだが、年の近い編集者というのもとても大切な存在だ。

なにせ、同じようなテレビ番組を見て、歌を聴いて、本を読んで、アニメやゲームに触れてきた人間が側にいて一緒にものを作っているというのは、なかなか安心できる。同じような価値観を持っているからこそ、互いに共感し合いながら小説を書けたり、それまで言葉にできずにいた感情や思想を小説の中に反映することができる。

年上の頼り甲斐と、同世代の頼り甲斐。その両方があるのだ。

## 作家と編集がやってること①　～出会い編～

作家と編集者の出会いには、ざっくり分けて三つのパターンがある。

一、新人賞を受賞して、担当がつく。賞の選考の段階で「この人行ける！」と推してくれた編集者が担当になることが多い印象。

二、何冊か本を出したあと、部署異動で違う編集者が担当になる。見ず知らずの編集者が来ることが多いから、実は怖い。親しい編集者が異動してしまうのも悲しい。

三、他社の編集者から声が掛かり、その人が担当になる。刊行された本を読んで「この人行ける！」と思った編集者が声を掛けることが多い。ネット小説を書いていて編集者から声を掛けられた、というのもこのパターンに近い。

ちなみに、ツイッターで「いいね」を押したとか、飲み会でたまたま隣の席になった、なんてことをきっかけに編集者と仲良くなって仕事に繋《つな》がった、というパターンもある。

編集者から連絡をもらい、作家は打ち合わせへ出向く。打ち合わせとは言うけれど、最初は食事をしたりお茶を飲んだりしながら簡単な顔合わせを行うことの方が多い。相手がどんな人なのか、何を好きなのか、嫌いなのか。相手の人となりを確認する作業だ。相手場合によっては長編小説に取り組む前に、雑誌掲載用の短編で《お試し》をすることもある。受賞作や刊行作品以外もちゃんと書ける人なのか。〆切を大幅に破るとか、しよっちゅう音信不通になるとかいうことのない、原稿のやりとりをスムーズに行える人なのか。編集者ときちんとコミュニケーションを取れる人なのか。実際に確かめるには作家に原稿を書かせるのが手っ取り早い。

そんなこんなで「この人に一本書かせてみよう」と編集者が判断すれば、打ち合わせという名の飲み会は本当の打ち合わせになる。

ついに小説の卵、《プロット》を作る段階に入るのだ。

## 作家と編集がやってること② 〜プロット編〜

「額賀さん、恋愛もの書いてみませんか？」

小学館の担当編集・K江氏からそんな提案をされたのは、二〇一六年の春。中野の中華料理店でのことだ。『タスキメシ』が無事刊行され、重版がかかり、青少年読書感想文全国コンクールの課題図書にも選定され、「さて、次は何を書こうか」と話し合いをしていた。

「恋愛ものですか。確かに書いてないですね」

『屋上のウインドノーツ』『ヒトリコ』『タスキメシ』『さよならクリームソーダ』。それまで四冊書いてきた中で、いわゆる《恋愛もの》はなかった。

「『額賀作品ではどうして恋愛が描かれないんだろう』ってよく聞きますし、ここはド直球に恋愛ものをやってみませんか？」
○○とか××みたいな奴です。具体的な作品名を例に挙げたK江氏に、口の中を小籠包《ショーロンポー》で火傷《やけど》していた私は、若干テンションが低いまま頷《うなず》いた。
「いいっすね。やったことないし、やってみましょうか」

このとき私の中には「これを書きたい」という具体的なビジョンがなかったので、K江氏の提案に乗ることにした。

「じゃあ、プロット書いてみますね」

プロットとは、小説を書くための設計図だ。同時に、「修学旅行のしおり」のようなものだとも私は思っている。

何時に学校を出て、●時の新幹線に乗って、まずはみんなで○○寺を見学して、集合写真を撮って、お昼ご飯を食べたら自由行動。私達の班は××に行って▲▲を買って……●時までにホテルに到着すること。

修学旅行に行く高校生達は、そんな旅の行程をしおりにまとめて、それを見ながら見知らぬ土地を歩き回る。電車に乗り遅れたり、迷子になったりと、時として予定通りに進まない。しかし、しおりがきちんとまとまっていることで、「じゃあ★★寺を飛ばして、△△へ行こう」というような軌道修正も可能だ。

私は、小説を書くことは旅のようなものだと思っている。見知らぬ土地を歩き回り、ぼんやりと定まった目的地を目指すのだ。その旅がスムーズに進むようにサポートしてくれるアイテム、それがプロットだ。

作家と編集者は、打ち合わせを重ねながらプロットを練る。練りに練る。執筆に入ってもし行き詰まることがあったらプロットに立ち返るから、ここでじっくり考えておけば、あとあと小説を助けてくれる。

作家から「こういうのを書きたい」とネタを持っていくこともあれば、担当編集から「こういうの書いてみません？」と提案されることもある。

私の五冊目の単行本『君はレフティ』は、先述のように担当編集・K江氏から「恋愛もの書きませんか？」と持ちかけられたことがきっかけで生まれた。このあとプロットを書いたわけだが、K江氏から例として出された作品を読んでも今ひとつピンと来ず、恋愛以外の要素がほしいなと思い、ミステリー色を織り交ぜた『君はレフティ』の原型となるプロットが生まれた。K江氏に提案された「ド直球に恋愛もの」からは外れた内容だが、プロットを見たK江氏が「面白そう！」と言ってくれたので、執筆にGOサインが出た。

逆に『潮風エスケープ』は、モデルとなったとある島の資料を私が担当編集・K森氏に見せ、彼が「面白そうっすね！」と乗ってくれたのがスタートになった。K森氏があのとき「ほーん……そっすか」という反応を見せていたら、この本は生まれなかっただろう。

　私の作るプロットを参考までに次のページに掲載している。

　これは『潮風エスケープ』のプロットだ。登場人物や序盤の展開こそ固まっているが、タイトル案にもまだ「潮風エスケープ」という言葉はない。

　プロットの作り方は作家によってさまざまだ。私は「仮タイトル」「メインの登場人物」「ストーリーの概要」程度しか書かない。A４用紙三〜五枚のボリュームだ。作家によっては細かなストーリーの展開、台詞《せりふ》回しまでプロットの段階で書いてしまい、プロットだけで百枚以上になることもあるらしい。

　そういえば、『完パケ！』を書いたときは担当編集・Ｍロ氏から「キャラクターのビジュアルを固めましょう」と提案された。登場人物が多いから、書き分けをするために登場人物の外見や雰囲気をイラストや写真などで具体的にイメージできるようにしておくのだ。芸能人の写真や漫画のキャラクターを使ってまとめた。これがなかなか効果的で、登場人物の見た目が思い浮かぶと、「こいつはここでどんな風に言うんだろう？」「どういう反応をするんだろう？」という疑問に、すらすらと答えが出る。ビジュアルって大事だ。

タイトル

潮風の消える場所（仮）

潮の風を追い越して（仮）

登場人物

【主な登場人物】

■多和田深冬（たわだ・みふゆ）

紫峰大学附属高校二年生。十七歳。

県内にある農家の娘。長女。

家業を継ぐこと、そのために婿養子を取ることを親から求められている。

それが嫌で、理由をつけて地元を離れて紫峰大学附属高校へ進学したが、両親はまだ同じことを言っている。

先祖から代々継いできた農地を守るため、あの手この手でいろいろと対策を講じる両親をちょっと見下している。

潮田優弥とは、紫峰大学と附属高校との高大連携プロジェクトで出会った。地元の中学校から紫峰大学附属高校へ入学し寮生活を始め、なかなか周囲と馴染むことができず不登校気味になり始めた頃だった。

→実家に対して抱いている不満に理解を示してくれる彼を信頼し、彼の所属する研究室に入り浸るようになる。仲のいい先輩後輩を装っているが、深冬本人は優弥のことが好き。

■潮田優弥（うしおだ・ゆうや）

紫峰大学人文学部人文学科の二年生。十九歳〜二十歳。

紫峰大学のキャンパス内にあるおんぼろ学生寮で生活する。

潮見島出身。

八月三十一日生まれ。

神司の出る潮田家に生まれたが、男子だったので周囲の人には残念がられた。優弥という名前も、女の子が生まれると思った両親が用意していた「優美」という名前からつけられている。

本当が妹または弟が出来るはずだったが、三歳の頃、優弥が原因で母親が流産してしまう。その後に起こる渚・柑奈に関わるあらゆる出来事がそれに起因しているのではないかと思うこともしばしば。

潮田家の男子として、次期「祭司」候補でもある。

潮祭や潮見島の信仰、汐谷柑奈の境遇に疑問を持ち、大学では宗教文化や民俗学について研究している。

モデルであり女優でもある渚優美がもの凄く好き、と深冬に思われている。

2017年7月刊行の『潮風エスケープ』（中央公論新社）のプロット（原文ママ）。
タイトルが実際のものと全然違う上に、結局ボツにした登場人物の設定も。

プロット

●プロローグ（七月）

・親元を離れ、寮生活をしながら高校へ通う深冬。隣接する大学で学ぶ優弥のいる研修室へ入り浸っている。優弥は年下の深冬をことある事に構ってくれるので、深冬は彼をとても信頼し、恋愛感情に近いものを抱いている。優弥の好きな女優：渚優美の髪型を真似たり、似たような服装をしたりと策を講じているが、優弥の方は可愛い後輩程度にしか思っていないのがよくわかる。

・宗教や民俗学について研究している優弥達は、夏休みを使って優弥の地元：潮見島へフィールドワークに行く計画を立てていた。優弥に誘われ、実家の両親から夏休み中の帰省を強制されていた深冬は、実家から逃れるために同行することにする。

●潮見島へ（八月十日～）

・潮見島にやってきた深冬達。離島留学センターに滞在し、センターの手伝いをしながらフィールドワークを行うことに。

・島民の優弥へ対する扱い（「島出身の子が帰省した」以上の歓迎振り）に違和感を覚える深冬。フィールドワークをする中で、潮見島の信仰と優弥の関係を知る。

●柑奈との出会い（八月十四日～）

・センターや島内の小中学校でボランティアをする中、深冬は周囲とは雰囲気の違う少女：汐谷柑奈と出会う。生徒数が少ないにもかかわらず周囲から浮いている柑奈は、自ら進んで孤独を選んでいるように見えた。

・島から本土の高校へ通っている花城慧から、深冬は柑奈の生い立ちと潮祭の関係を聞く。実家の跡取り問題を煩わしく思っていた深冬は、生まれてから一度も島外に出たことがなく、周囲の大人に言われた通りの人生を選択する柑奈に興味を持つ。慧はそんな柑菜を見かねて深冬に「外の世界を教えてやってくれ」と相談してくるも、柑菜は芳しい反応をしない。むしろ、実家の家業を蔑ろにしようとする深冬を柑奈は軽蔑する。

●渚が島へやって来る（八月二十日～）

・汐谷家や島民による柑奈へと扱いを疑問に思う深冬。潮田家の人間である優弥が何もしないことに苛立ちを覚える。

・そんな折、一人の女性がフェリーで潮見島にやって来る。女優の渚優美だった。優弥の好きな芸能人が突然島に現れたことに深冬は困惑するが、島民の驚き振りはそれ以上。実はその女性が柑奈の姉：渚であることがわかり、渚はショックを受ける。

・深冬は（慧？　柑奈の両親？　優弥の両親？　センター長？）から渚の過去を教えられる。

・留学センターに宿泊することになった渚は、深冬達のボランティアやフィールドワーク

この段階では物語の流れが見える程度のざっくりとしたプロット（原文ママ）。
書きながらどんどん変わっていく。誤字もかなりある。

## 作家と編集がやってること③ ～執筆編～

プロットができあがり、無事GOサインが出たらいよいよ執筆が始まる。

こうなったらひたすら作家が頑張るだけである。担当編集と取材に行ったり、執筆途中の原稿を確認してもらったりはするが、基本的に作家がひたすら頑張って原稿を仕上げる。

作家同士で執筆に使用するソフトの話になると、派閥同士の激しい争いが起こる（なんてことはない）。Ｗｏｒｄ派、一太郎派、テキスト派、アウトラインプロセッサ派……。私は「秀丸エディタ」というシェアウェアのアウトラインプロセッサを使っている。横書きにしか対応していないのだが、ファイル全体をツリー構造で表示できるのがとても便利だ。プロットや登場人物、舞台設定といった項目を、本編と一緒にまとめて一つのファイルにしておけるし、文章の入れ替えもスムーズにできる。

執筆期間も作家によってさまざまで、私の場合は単行本一冊分（四百字詰め原稿用紙で四百～五百枚くらい）を書くのに、三ヶ月ほどかかる。

正直、執筆編で書くべきことはほとんどない。ただ書く。ひたすら書く。それ以外はない。〆切までの日数と書くべき枚数を計算し、時限爆弾が自分の頭上につるされているような気持ちでキーボードを叩く日々が続く。

どんなにプロットを綿密に書いても、実際に執筆しながらでないとわからないことはたくさんある。私の場合は特に、登場人物の心境の変化とか、それぞれの抱えた葛藤との折り合いの付け方とか、周囲との関係性の変化とか、そういったものが書きながらでないと見えてこない。プロットの段階でこれを明確にできないものかといつも思っているのだが、未だに実践できたことがない。登場人物達と一緒に物語の中を歩いて初めて、「彼はこう変わっていくに違いない」とか「彼女はこう思うはずだ」という確信を得ていく。

書いて書いて、書いては消し、ときどきごっそり修正する。それを繰り返して、原稿用紙五百枚を埋めていく。

スケジュールを読み間違うと地獄だ。担当編集からもの凄く冷静でにこやかな「原稿まだですか？」というメールが届く。恐怖のあまりそのメールへの返信を怠ると、携帯が鳴る。これが本当に心臓に悪い。

## 作家と編集がやってること④　～改稿編～

紆余曲折《うよきょくせつ》を経て無事原稿が書き上がる。この「とりあえず最後まで書ききった原稿」を第一稿と呼ぶ。これを担当編集に送り、チェックしてもらう。大体ここで一発打ち合わせである。

顔を突き合わせて、改稿ポイントを話し合っていく。特に第一稿の段階では原稿をごっそり書き換えることも多い。主人公の性別が逆転したり、第一稿では存在しなかった人物が重要なポジションで登場したりもする。逆に存在が抹消されてしまう人もいる。第一稿は不完全なのだ。私の場合は、第一稿はとてもじゃないがお金を払って読んでもらえる状態ではない。ここから少しずつ担当編集と議論しながら、お金を払ってもいいと思ってもらえるものに仕上げていく。

例えば、『屋上のウインドノーツ』には青山瑠璃という主人公の幼馴染みが登場する。主人公の性格を決定づける非常に重要なポジションの女の子だ。この子は第一稿には存在せず、かなりあとになってから無理矢理ねじ込んだキャラクターである。元々、作中には主人公が打ち倒すべき悪役がいたのだが、担当編集・Y下氏から「ただの勧善懲悪はNG。悪役がただの悪い人で終わっては、物語に深みがない」と言われ、悪役ではなく幼馴染みに変更した。悪意はないのに、主人公に「依存」という形で悪い影響を与えてしまう存在にしたのだ。これが通ったことで、『屋上のウインドノーツ』は今の形になった。

また、すべての担当編集が口を揃えて言うことがある。

「もっとわかりやすく」

勤めている出版社も年齢も性別も経歴も、これまで出してきた本も全く異なるのに、同じ修正指示を口にする。

登場人物がどうしてこんな行動を取ったのか。どうしてこんなことを思ったのか。どうしてこんな心境の変化に至ったのか。

「書き過ぎってくらい、書いてください」

「作者が思っているほど、きちんと読み取ってくれる読者ばかりではありません」

「むしろ説明し過ぎでちょうどいいくらいです」

作者としては、「ここは行間を読んでほしい」とか「あえて明言せずに読者に想像してほしい」とか、いろいろ願いを込めて書かずにいることもある。もちろん担当編集もそれらをすべて一から十まで説明しろとは言わないし、私もやらない。そこはまさに【作家と編集の関係】で書いた、「互いの妥協できる塩梅を探す」という行為なのだろう。

こんな具合に、第一稿でかなりの量の修正を行う。第二稿、第三稿……と改稿を重ねていき、少しずつ完成度が上がっていく。

これが上手く行けば、原稿は文書ファイルから、いよいよ《ゲラ》に姿を変えるのだ。

## 作家と編集がやってること⑤　～ゲラ編～

ゲラ。

これは《ゲラ刷り》の略である。校正刷りとも言って、原稿を実際の本のレイアウトに落とし込んだものを指す。作家がWordなどの文書作成ソフトでちまちまと打ち込んでいたものを、DTP（組版）の専門職に預けて綺麗に体裁を整えてもらうのだ。

ゲラが出てくると、「いよいよ本になるぞ」という気分になる。パソコンでせっせと書いてきた物語が、紙の本の形になるのだ。

しかし、ここから刊行までにもさまざまな工程がある。

作家や担当編集がゲラをチェックするのはもちろん、ここで《校閲》という、作家が足を向けては寝られない存在が登場する。

校閲者の仕事は、ゲラの中の誤字脱字、文法上の間違いや内容の不備などを指摘することだ。ミステリーの場合はトリックの整合性なども細かくチェックするし、歴史小説の場合は歴史的事実の確認まで、とにかく小説の隅々まで目を凝らし、間違いや矛盾がないかをあぶり出してくれる。単純な誤字脱字でも、一度印刷して流通してしまったらどうすることもできない。作家は校閲者には頭が上がらないのだ。

特に私は誤字脱字が多い。担当編集にも校閲者にも申し訳ないくらい、多い。それでも毎回、校閲者は鉛筆でゲラに疑問点を書き記してくれる。どう考えても誤字という部分にも「〇〇では？」と疑問符をつけてくれるのだから、感謝感謝である。

本書では特別に、出版社に残っていた『タスキメシ』のゲラを掲載している。未完成のゲラを載せるのはなかなか恥ずかしい。あまり綺麗なものじゃないので、悪しからず。

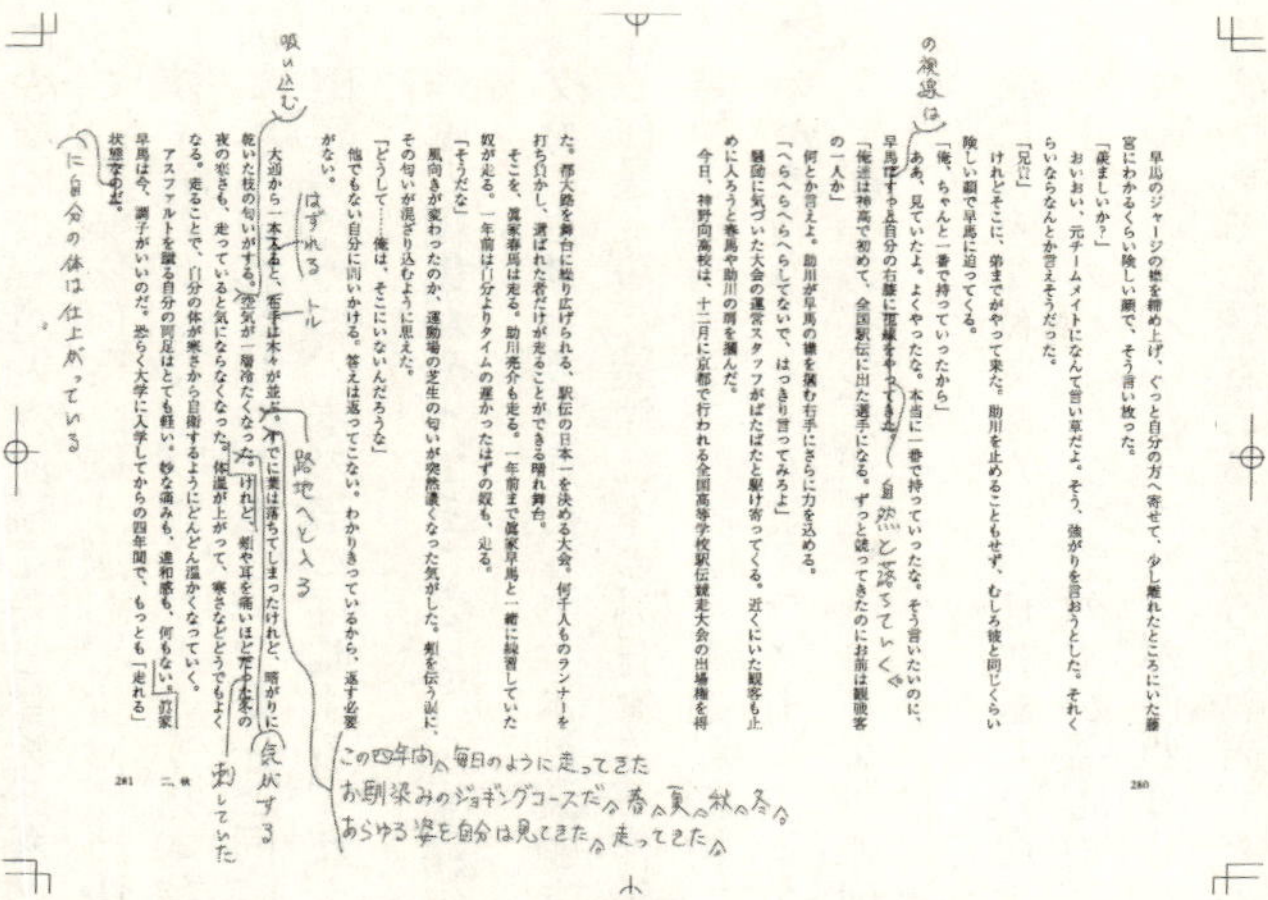

早馬のジャージの襟を締め上げ、ぐっと自分の方へ寄せて、少し離れたところにいた藤宮にわかるくらい険しい顔で、そう言い放った。

「羨ましいか？」

おいおい、元チームメイトになんて言い草だよ。そう、強がりを言おうとした。それくらいならなんとか言えそうだった。

「兄貴」

けれどそこに、弟までがやって来た。助川を止めることもせず、むしろ彼と同じくらい険しい顔で早馬に迫ってくる。

「俺、ちゃんと一番で持っていったから」

ああ、見ていたよ。よくやったな。本当に一番で持っていったな。そう言いたいのに、早馬はすっと自分の右膝に視線をやってしまう。

「俺達は神高で初めて、全国駅伝に出た選手になる。ずっと競ってきたのにお前は観戦客の一人か」

何とか言えよ。助川が早馬の襟を摑む右手にさらに力を込める。

「へらへらへらしてないで、はっきり言ってみろよ」

騒動に気づいた大会の運営スタッフがばたばたと駆け寄ってくる。近くにいた観客も止めに入ろうと春馬や助川の肩を摑んだ。

今日、神野向高校は、十二月に京都で行われる全国高等学校駅伝競走大会の出場権を得
280

た。都大路を舞台に繰り広げられる、駅伝の日本一を決める大会。何千人ものランナーを打ち負かし、選ばれた者だけが走ることができる晴れ舞台。

そこを、眞家春馬は走る。助川亮介も走る。一年前まで眞家早馬と一緒に練習していた奴が走る。一年前は自分よりタイムの遅かったはずの奴も、走る。

「そうだな」

風向きが変わったのか、運動場の芝生の匂いが突然濃くなった気がした。頬を伝う涙に、その匂いが混ざり込むように思えた。

「どうして……俺は、そこにいないんだろうな」

他でもない自分に問いかける。答えは返ってこない。わかりきっているから、返す必要がない。

大通から一本入ると、左手は木々が並ぶ。すでに葉は落ちてしまったけれど、暗がりに乾いた枝の匂いがする。空気が一層冷たくなった。けれど、頬や耳を痛いほど刺す冬の夜の寒さも、走っていると気にならなくなった。体温が上がって、寒さなどどうでもよくなる。走ることで、自分の体が寒さから自衛するようにどんどん温かくなっていく。

アスファルトを蹴る自分の両足はとても軽い。妙な痛みも、違和感も、何もない。眞家早馬は今、調子がいいのだ。恐らく大学に入学してからの四年間で、もっとも「走れる」状態なのだ。
281　二　秋



『タスキメシ』のゲラの一部分。文章を削ったり追加したりを繰り返しながら、ブラッシュアップしていく。

そういえば『タスキメシ』のゲラを確認しているとき、こんなことがあった。

作中で主人公・眞家早馬の弟・春馬がとあるお菓子を食べながら歩くシーンがあったのだが、それに対して校閲者から「このお菓子は〇年前に製造中止になっています。作中では二〇一五年のはずなので、このお菓子が存在するのはおかしい」という指摘が入った。もう、菓子折りを持ってお礼に行きたいくらいである。

担当編集と校閲者から指摘が入ったゲラを、作家はチェックする。ゲラになる前にしっかり改稿しているから、ここでの修正は最低限……となるはずなのだが、なかなかそう上手く行かない。

この段階で一章丸々原稿を差し替え、などということもある。

この作業を何度か繰り返し、少しずつ少しずつ、完成度を上げていく。

校了前のゲラや、プルーフという見本誌を全国の書店員さんに配ることもある。発売前に本の内容を知ってもらい、発売と同時にプッシュしてもらうためだ。書店員さんから感想を集めて、本の帯に掲載する、なんてこともある。

## 作家と編集がやってること⑥ ～装幀編～

ゲラのやりとりと並行して、本の装幀も少しずつ形になっていく。ゲラが本の中身を作る作業なら、装幀は本の外見を作る作業だ。

装幀を担当するデザイナーと担当編集で、本の外見をどういったものにするか、すり合わせを行う。カバーはイラストにするか？　写真にするか？　帯はどんなものにするか？　扉や目次のデザインは？　小説＝中身を魅力的に見せることのできる外見を整えていくのだ。

特にカバーは大事だ。書店に並んだとき、タイトルより著者名より先に目に入るのが、カバーだ。カバー一つでその本が書店でどれくらいの存在感を発揮できるのかが決まる。

私の本のカバーはイラストが使われることが多い。文芸書全体でイラストのカバーが増えている影響もあるだろうけれど、どの本も素敵なイラストレーターに恵まれた。

実際にカバーに使用するイラストができあがる前に、イラストレーターはラフを描いてくれる。担当編集との打ち合わせを元に、簡単な構図と全体の雰囲気がわかるものを見せてくれるのだ。このカバーラフが上がってきたとき、そして完成した装画を見たときが、私は一番嬉しい。小説の第一稿を上げたときよりも、発売日に書店に並んだときよりも、本の顔が見えたときが、一番小説に命が宿った気持ちになる。

先程、プロット編で登場人物のビジュアルが見えると執筆がさくさく進むという話をしたが、カバーにも同じことが言える。

二〇一七年六月に『屋上のウインドノーツ』が文庫化された。単行本の装画はイラストレーターのきたざわけんじさんが手がけてくださった。文庫化に伴い、単行本になかなか手を伸ばしてくれない若い層を読者ターゲットにしようと、イラストレーターのけーしんさんにカバーイラストをお願いした。

けーしんさんからラフが上がってきて、ここで初めて『屋上のウインドノーツ』の主人公二人の顔が描かれた。けーしんさんのイラストに引っ張られる形で、ゲラに大量の修正を入れた。顔というビジュアルがついたことで、登場人物の口調や仕草に変化が生じたのだ。「こいつ、この顔でこんなことしないよな」とか「この子は○○なんて選択はしない気がする……」と、イラストからインスピレーションが湧いた。どれくらい修正をしたのか気になる人は、ぜひ『屋上のウインドノーツ』の単行本と文庫本を比べてみてほしい。

## 作家と編集がやってること⑦　～本が書店に並ぶまで編～

ゲラが校了し、装幀などの本の外見も完成すると、いよいよ本は書店に並ぶ。編集部だけでなく、営業、宣伝、販売といったさまざまな部署の人が動き回り、書店配布用のPOPや宣伝パネルを作る。せっかく頑張って作った本だ。一冊でも多く売れるよう、いろんな人がアイデアを出してくれる。

「作者の地元の書店に重点的にプッシュしよう」
「モデルになった大学の購買部に置いてもらえるように交渉してみよう」
「面白い形のPOPを作ってみよう」
「○○雑誌社や○○新聞社に見本を送ってみよう」
「ツイッターでこういう宣伝をしてみよう」

さまざまな部署で働く人々が知恵を出し合って、本を売るための作戦が練られていく。私もささやかながら自分のツイッターで新刊を宣伝する。作家が宣伝することを嫌う人は多いかもしれないけれど、自分の作品を広めたいという気持ちが一番強いのは、作家自身なのだ(売り上げが自身の今後の活動に直結するから、余計に)。それに、目の前で大勢の人が私の本を売ろうと走り回っているのに、私が宣伝一つしない、なんてことはできない。

毎日、大量の本が発売される。書店の棚は戦場だ。隙があればあっという間に他の本に場所を奪われてしまう。一つの出版社から出る本だって膨大な数になる。すべての本が均等に宣伝されるわけがない。どの出版社だって宣伝に使えるお金や人員に限りがある。そうなれば「これぞ」という本や、確実に売れる本を宣伝したいと思うのは当然だ。作家も本が出たからそれでお終《しま》い、という気分ではいられない。SNSの素晴らしさは、作家個人でいろんな人と繋がって、直接情報を届けることができる点だ。先述したゲラやプルーフを書店員さんに読んでもらうときも、ツイッターを使って直接「プルーフ読みたい人いませんか？」などと告知することだってある。

本が発売され、運良く雑誌社や新聞社からインタビューの依頼が来れば、担当編集と一緒に取材や撮影に出向く。写真やインタビュー原稿のチェックももちろんする。力を入れて売ってくれている書店に「書店回り」というご挨拶に伺うこともある。そこで色紙やサイン本を作らせてもらうのだ。

本が書店に並んでからも、作家と担当編集の仕事は山積みだ。自分達が作った本を少しでも多くの人に知ってもらえるよう、とにかく走り回る。

そして、次はどんな小説を書くか。また打ち合わせという名の飲み会が始まるのだ。

## みんな大好き、重版

この本を書く上で、「何をもって本は《売れた》ことになるのか？」という定義を持っておく必要がある。その物差しとなるのが「重版」だ。

すでにこの本の中でも何度か出ている「重版」という言葉。松田奈緒子さんの『重版出来《しゅったい》！』（小学館／ビッグコミックス）を読んでその意味をご存じの方も多いかもしれない。

本は、最初に印刷されたものを「初版」と呼ぶ。初版が市場に出回り、順調に売れて在庫が足りなくなってくると、もう一度印刷をして在庫を増やす、という工程が発生する。これが「重版」だ。

売り上げが好調な本は、二刷、三刷、四刷、五刷……と刷り数を重ねていく。一度の重版で印刷される部数はまちまちで、一千部のこともあれば、何万部もドドンと刷られることもある。

でも、増刷される部数に関係なく、重版とは嬉しいものだ。「この本はこれくらい売れるだろう」という期待を超えられた、ということなのだから。

ちなみに、作家が本を出すことでどのようにしてお金が入ってくるのかはご存じだろうか？　本を出すことで得られる収入を印税と呼ぶのだが、よく「一冊売れたら○○円の印税が入ってくるんでしょ？」と言う人がいる。実はちょっと違う。

作家にとって重要なのは、多くの場合、「何冊売れたか」ではなく「何冊印刷したか」だ（印税の計算方法にもいろいろあるので、例えば実際に売れた冊数から印税を計算するというパターンもある）。それで懐に入ってくるお金が変わる。十万冊刷って一万冊しか売れなくても、作家は十万冊分の印税を得ることができる。しかし、何冊刷ろうと実際の売り上げが作家の次回作の初版部数を決めるので、多く刷ってもらえればいいというわけでもない。

だからこそ、重版を繰り返し、出版社の期待を一つ一つ超えていく必要がある。今日も多くの作家が「重版」を待ち望んでいるのだ。

# 第二章

# とある敏腕編集者と、電車の行き先表示

「キャラクターが弱いですよね。『屋上のウインドノーツ』は」

私のデビュー作の一つ、『屋上のウインドノーツ』の単行本と文庫本を前に、その人はそう言い放った。

二〇一七年八月十五日。終戦記念日の市ケ谷。靖国神社にほど近いオフィスの会議室でのことだった。

ちなみにこの人は、私の担当編集ではない。

この日初めて会った、担当累計六千万部突破（二〇一七年当時）のとある敏腕編集者である。

**文庫本が発売される意味**

二〇一五年にデビューした私にとって初の文庫本が、二年後の二〇一七年六月に発売された『屋上のウインドノーツ』である。

念のためここで一度、単行本と文庫本の違いを解説しておきたい。

『屋上のウインドノーツ』の単行本と文庫本。こうして並べるとサイズはもちろんのこと、装画の雰囲気もだいぶ違う。

●単行本【上図・右】＝本来は「単独で発行された本」を指す。サイズはさまざまだが、四六判がスタンダード。値段は高いが、作品が発表されてすぐに読むことができ、長期間保有するのにも向いている。

●文庫本【上図・左】＝単行本が発売されてからある程度期間を経た後、廉価版として売られる小型の本。サイズはA６判が多い。安く持ち運びがしやすいが、発売まではやや時間がかかる。文春文庫、新潮文庫など文庫を刊行する出版社は独自の文庫レーベルを持っている。最近は文庫書き下ろし＝単行本を出さずに文庫で新作を発表する、ということも多い。

　文庫本が出たら単行本を買う人はほとんどいなくなるし、文庫本は値段が安い分、印税は低くなる。これだけ聞くと作家側に果たして文庫本を出すメリットがあるのだろうかと思う人もいるかもしれない。しかし、私は文庫が出るのをデビューから二年間、ずっと待ち望んでいた。特に新人作家の本は、安価な文庫本になってやっと、多くの人へ届く。初めて読む小説家の、面白いかどうかわからない単行本に一五〇〇円を払うのはちょっとハードルが高いけれど、文庫の五〇〇円なら払ってもいい。そう思ってくれる人がいるからだ。作品としての第二のスタートが、文庫本の発売日なのだ。

## 文庫本の持つパワー

さて、文庫化された『屋上のウインドノーツ』だが、単行本版を知っている人は、見た目の変化に驚いたかもしれない。単行本とは打って変わって、文庫本は主人公二人の可愛らしいイラストが入り、ガラリと雰囲気が変わった。帯に躍る「松本清張賞受賞作」という言葉が誤植か何かに見える。

文庫本を担当した文春文庫のY下氏は、文庫化を知らせるメールの中でこう言った。

「文庫版のカバーは、単行本とはまた違った雰囲気の方がいいかと思います。若い層の読者が増えると思いますので、少しキャラクター文芸寄りの雰囲気にするのもありかと」

Y下氏の言葉に私もその通りだと思い、文庫版『屋上のウインドノーツ』はイラストレーター・けーしんさんのイラストと共に、新しい形で再び書店に並んだ。

評判は上々だった。ツイッター等で感想を寄せてくれる人の年齢層が広がり、吹奏楽に励む中高生が読んでくれるようになった。図書館の司書の先生からは「カバーがキャラクターのイラストになったことで生徒達が手に取りやすくなった」という意見をもらった。

しかし、同時にこんなことをとある人から言われた。

「額賀さんのデビュー作、ラノベみたいな見た目になりましたね」

## ライトノベルの定義とは

ライトノベル、通称・ラノベ。これは日本で生まれた小説のジャンルだ。その歴史を語り始めるとそれだけで一冊の本が書けてしまうので、ここでは割愛する。小説のジャンルとしてはまだまだ新しい分野なのにもかかわらず、ひとたびヒットすればアニメ化、コミック化と、さまざまなメディアミックスが展開される。

中学生だった二〇〇三年に、私はとあるライトノベルに出合った。ラノベの代名詞、電撃文庫から発売された『灼眼《しゃくがん》のシャナ』シリーズである。

当時の私は、はやみねかおるさんと重松清さんとあさのあつこさんを愛する読書好きの中学生だった。教室の隅っこで、息を殺すようにして読書をしていた。もちろん学校は好きではなかった。読書をする奴は教室内のカーストの最下層にいて、基本的に「何をしても、何を言ってもＯＫ」な存在とされていた。読書が好きな奴というのは、そういう人種なのだと自分自身で思っていた。

ところが教室の中で、それまで明らかに読書なんてしていなかった人達が、本を読み出したのである。それが、ライトノベルだった。秋山瑞人さんの『イリヤの空、ＵＦＯの夏』（電撃文庫）だった。

自分が読んでいるのとは違うジャンルの本がこの世に存在するらしいと知った中学一年生の私は、書店を探し回る。書店の奥に、ラノベの棚はあった。あの日、そこに平積みされていたのが高橋弥七郎さんの『灼眼のシャナ』である。平凡な男子高校生と異能の力を持った一人の少女とが出会うことで始まる物語だ。私はライトノベルと出合ったのである。

そして、ラノベを読む、それまでとは違った種類の友人を得た。二年後の二〇〇五年に、『灼眼のシャナ』はテレビアニメ化される。録画したＤＶＤを学校の美術室で友人達とこっそり観ようとして、何故か音しか再生されなくて、「絵は想像しよう！」「音だけ楽しもう！」と笑い合ったこともあった。

今やライトノベルの市場はとてつもなく大きくなった。ラノベという言葉が広く認知され、書店のラノベの棚は年々大きくなり、数々のヒット作が生まれた。ラノベをがっつり読む同居人の黒子ちゃんに比べたら少ないが、私もそれらを読んで大人になった。

こうして執筆をしている合間、深夜にテレビを点《つ》ければ、ラノベ原作のアニメが放映されている。同じ本なのに、ラノベは随分景気がよさそうだな、と思う。

どちらも同じ本だ。紙に文字を印刷し、綴《と》じ、カバーをつけ、書店に並べる。書かれている物語が異なるだけで、そこにあるのは同じ本だ。

いわゆるラノベ。いわゆる文芸書。その違いは一体何だろう。

ライトノベルには未だ明確な定義がない。「中高生をメインターゲットにしたエンターテインメント小説」で「カバーにイラストが使われることが多い」というのが、私の認識だ。何をもってラノベとするのかは、きっと読み手によってそれぞれ定義が異なるだろう。

しかし、考えてみてほしい。

中高生をメインターゲットにしたエンターテインメント小説。

カバーにイラストが使われることが多い。

それは、私の書く小説も同じだ。

**文芸はライトノベル化している？**

「『屋上のウインドノーツ』って、ラノベだと思う？」

夜中に突然そんなことを言い出した私に、同居人の黒子ちゃんは顔を顰《しか》めて「はあ？」

と言った。ちょうどその日、黒子ちゃんに薦められ、ライトノベル原作のアニメを一緒に観ていた。タイミングよくCMに入ったところで、私はそんな話を切り出した。

「『屋上のウインドノーツ』、めでたく文庫化したじゃないですか」

「しましたね」

「カバーをキャラクターのイラストにしたじゃないですか」

「可愛いですよね、けーしんさんのイラスト」

「○○さんとか××さんに『ラノベっぽくなりましたね』って言われたじゃん？　でも実際、ラノベとそんな大きな違いはないいんじゃないかと思えてきたんだ」

そう思うに至った経緯と事情を説明したが、黒子ちゃんは「はあ？」と言ったときの顔のまま、首を横に振った。

「それはない」

「どうして」

「ラノベ感がないので」

そうとだけ言って、黒子ちゃんはテレビに向き直ってしまう。CMが明けたので、とりあえずアニメが終わるまでこの話は保留にした。

「……ラノベ感とは？」

エンディングが始まってすぐ、質問の続きをする。

「ラノベ感はラノベ感ですよ。ご自分だってラノベをちょっとは読むんだからわかるでしょう。昔、ラノベ書いてたんだから」

「書いてたけどさ」

大学時代、私は黒子ちゃんの影響でラノベを書いていた時期があった。賞に応募したことだってあった。箸にも棒にもかからなかった上に、原稿を読んだ黒子ちゃんに鼻で笑われたのを未だに覚えている。

「額賀さんの小説にはラノベ感がありません。だからいくらカバーがキャラクターのイラストになっても、ラノベではないです」

ここ数年、文芸書のカバーにキャラクターのイラストが使われることがぐんと増えた。書店の棚を見回すとよくわかる。イラストを使ったカバーが、文芸書の間では大流行しているのだ。ライトノベルのレーベルのロゴをカバーに貼り付けたら、ラノベと言っても違和感のない文芸書がたくさん書店に並んでいる。

その上、文芸とライトノベルの中間に位置するライト文芸やキャラクター文芸などというジャンルまで誕生した。三上延さんの『ビブリア古書堂の事件手帖』(メディアワークス文庫)が大ヒットし、メディアミックス展開が活発になった頃から急速に増えた。ラノベと同じようにカバーにイラストを使い、シリーズ化を前提に展開する。新潮文庫ｎｅｘ、講談社タイガ、集英社オレンジ文庫など、メディアワークス文庫に続くようにしてライト文芸レーベルが誕生した。

最早《もはや》、何がラノベで何がラノベでないのか、何が文芸で何が文芸でないのか。作る側も、読む側も、はっきりと区別できないだろう。むしろこれは、「本が売れない」と喘《あえ》ぐ文芸の世界が、元気なラノベの世界に少しずつ近づいているということなのかもしれない。

だがそれは、ただキャラクターのイラストを使ったカバーにすればいいということなのだろうか。ただシリーズ化すればいいということなのだろうか。それで本は売れるのだろうか。「本が売れない」という作家の、編集者の、出版社で働く大勢の人の、数多《あまた》の書店員の悩みは、そんなに簡単に解決されるものだったのだろうか。文芸とライトノベルの間にはもっと根本的な本作りの手法の違いがあるのではないか。

その違いを探ればヒントが転がっているかもしれない。醬油ラーメンと豚骨ラーメンの店が隣り合って営業していて、醬油ラーメンの店は苦戦していて、豚骨ラーメン屋は景気がよさそうだ。なら、醬油ラーメンの店の主は豚骨ラーメンの店がどんなことをしてお客を集めているのか、気にするべきだし、調べるべきだ。「うちは醬油だから。あっちは豚骨だから」なんて言っている場合ではない。

「よーし、会いに行こう」

「誰に？」とテレビ画面からこちらに顔を向けた黒子ちゃんに、私はとある編集者の名前を告げた。

「ずるい！」

いいなあ！　いいなあ！　そう繰り返す黒子ちゃんを尻目に、私はその人の名前をネットで検索した。

今観ているアニメの原作の、そして私が初めて読んだライトノベル『灼眼のシャナ』の、担当編集者だ。

**担当累計六千万部突破の編集者**

八月に入ってから梅雨のような天気が続き、なかなか快晴の空が拝めないまま日本は終戦記念日を迎えた。その日もやはり雨だった。傘を突き破ってきそうなほどの豪雨だった。

嵐の中、私が足を踏み入れたのは株式会社ストレートエッジのオフィスだ。市ケ谷駅から徒歩十分少々。靖国神社にほど近いビルの二階。

通してもらった会議室には、ポスターが飾られていた。二〇一七年の二月に公開され大ヒットした『劇場版ソードアート・オンライン―オーディナル・スケール―』のポスターである。原作は川原礫さんの『ソードアート・オンライン』（電撃文庫）。ＶＲ（仮想現実）ゲームの世界で繰り広げられるこの物語は、コミックにもなり、テレビアニメにもなり、ゲームにもなり、映画にもなった。累計発行部数は日本国内だけで一千三百万部を突破し、シリーズ第一巻はすでに百万部を超えている。

出先から帰社する最中に渋滞に巻き込まれ、約束の時間に少し遅れてやって来た人物は、ずぶ濡れだった。そのずぶ濡れの男性編集者を、私は半分口を開けて、多分、もの凄く間抜けな顔で見ていたと思う。

その人の名前は、三木一馬《みきかずま》。現在は株式会社ストレートエッジの代表取締役を務めているが、かつてはアスキー・メディアワークスの電撃文庫編集部で活躍していたライトノベル編集者だ。『灼眼のシャナ』はもちろん、鎌池和馬さんの『とある魔術の禁書目録《インデックス》』、先に挙げた『ソードアート・オンライン』、伏見つかささんの『エロマンガ先生』、同じく『俺の妹がこんなに可愛いわけがない』といった大ヒット作品を世に送り出してきた編集者。そして私が初めて名前を記憶した編集者でもある。

三木さんが担当した作品の発行部数は、なんと累計六千万部を突破している。

『屋上のウインドノーツ』文庫化に伴いぶち当たった「文芸とラノベの違いとは？」「何故ラノベは売れるのか？」という疑問を解消するために、取材相手として三木さん以上の人はいなかった。

＊　＊　＊

ちなみに三木さんは自著『面白ければなんでもあり　発行累計6000万部——とある編集の仕事目録《ライフワーク》』（KADOKAWA）にて、このように語っている。

『ラノベの代名詞である電撃文庫ですが、実は僕の所属する電撃文庫編集部では、自分たちが作っている本をライトノベルだと思ったことはありません』（P7より）

今回の取材と本書の中では、わかりやすさを優先して《ラノベ》、《文芸》という単語を用いて表現している。三木さんも自著の中でそのように運用しているので、それに倣うことにした。

**『君の名は。』のヒットが私達に教えること**

「ラノベだって売れてないですよ」

この本の企画趣旨と取材の目的を説明したところ、三木さんはまずそう言い切った。

「全然楽じゃないですよ。苦しいのは文芸と変わらないです」

三木さんがどういう真意でこう言ったのかはわからないが、その表情は何だか晴れやかで、ちょっと余裕すら感じられた。その瞬間、ああ、やっぱり何かあるんだよな、と思った。本当に「ラノベだって売れてない」のだとしても、この人はその中で《何かやっている人》だと。

「三木さんは、ラノベと文芸と、二つのジャンルにどういう違いがあると思いますか？　いわゆる文芸のジャンルで小説を書いている身としては、ラノベの世界は非常に元気で活気があるように見えるんです」

「そっかなあ、毎日大変ですよー？」

腕を組んだ三木さんは、その答えの糸口としてまず、二〇一六年に大ヒットしたあのアニメ映画の名前を出した。

「『君の名は。』があんなにヒットして僕も思い知ったんですけど、今はあらゆる創作物を受け取る側にとって、ジャンルの垣根がほとんどなくなったんですよね」

新海誠監督の長編アニメ映画『君の名は。』について説明する必要はないだろう。二〇一六年八月に公開され、『シン・ゴジラ』や『スター・ウォーズ／フォースの覚醒』を抑えて二〇一六年の年間映画興行収入ランキング第一位となった。

『君の名は。』のヒットは、新海誠ファンやアニメ好きだけでは到底成し遂げられるものではない。年齢、性別、趣味嗜好を超えて、幅広い層に受け入れられなければ興行成績二百五十億円なんて打ち立てられない。

「僕が中高生の頃ってねー、パトレイバーが好きな奴はいじめられたんですよ。オタクだー！　オタクがいるぞー！　って」

「わかりますー！」

　中学時代、私がラノベをこっそり読んでいたのは、そうなることを予想していたからだ。心の中に、これを読んでいたらからかわれたり馬鹿にされたりするという思いがあった。そういえば、おかゆまさきさんの『撲殺天使ドクロちゃん』（電撃文庫）を読んでいたクラスメイトがサッカー部の男子にいじられていたっけ。

「でも今、パトレイバーって実写化されたりして、むしろリアルで格好いいＳＦモノっていう立ち位置にあるでしょう？　これがもし、僕が高校生の頃だったらねー、絶対にそんな風にはならなかったはずなんですよ。オタクって、当時は社会から迫害される存在だったから」

　でも、今は違うんですよね、これが。そう続けた三木さんに、堪《たま》らず頷いた。

「確かに、アニメを観たり、ラノベを読んだり、好きなキャラのグッズを鞄につけたり、そういうことにオープンになったというか、やっても許される社会になりましたよね」

「そうそう。アイドルがアニメが好きだって言ってもファンが離れたりしなくて、むしろ新しいファンを呼び込むきっかけになったりする。昔ほどオタクとかアニメとかラノベに対する偏見がなくなってきたんでしょうね」

『君の名は。』のヒットにも、そんな社会の変化が影響している。映画館に（ジブリ以外の）アニメを観に行くことも恥ずかしいことではなくなった。ちなみに先日、アニメ映画『打ち上げ花火、下から見るか？横から見るか？』を新宿の映画館で観たのだが、私の隣はデート中のカップルで、前列は男子大学生三人組。後ろには高校生くらいの若い女の子のグループがいた。デートの一環でアニメを観ることが許されるのだ。

「僕は、最早受け取り手には『ラノベだから〜』とか『アニメだから〜』とか、もちろん『文芸だから〜』という垣根はないと思っています。垣根を作っているのは、むしろ作り手の方かな」

**世に出た作品は、どれも必ず面白い**

「突然ですが、僕は創作物に面白くない作品は一つもないと思ってるんです」

それは、三木さんが自著の中で何度も書いていたことだ。

例えば小説なら、作家は「面白い」と思ったからその小説を書き、編集者も「面白い」と思ったから出版した。漫画だってテレビ番組だって映画だってゲームだって、誰かが「面白い」と思って世に送り出した。

「でも、送り届けるべきところに送り届けなければ、何万部刷ろうと意味がない。当然じゃないですか？　『肉が食いたい！』って思ってる人に『どうぞー美味しい野菜炒めでーす』って野菜炒めを持って行っても、『いや、美味しいかもしれないけど俺が食いたいの肉だから！』ってなるでしょ？　今は誰かに作品を送り届けるための手段がたくさんある。あり過ぎて困るくらいある。ということは、受け取る側が自分の興味がない作品に触れる機会も多いんですよね。受け取る方も『自分が楽しめるのはどれなのか』って判断するのが難しくなってると思いますよ。ライトノベルっていうのは、『これはあなた達が楽しめるものですよ！』と理解してもらうための、電車の行き先表示みたいなものです」

電車の行き先表示。その言葉に、私はテーブルの上に置いてあった『屋上のウインドノーツ』の単行本と文庫本に視線をやった。今回の取材の目的を説明するのに、『屋上のウインドノーツ』は実にいい素材だ。ちなみに、三木さんは取材にＯＫを出すのと同時に、私の本を読んでくださっていた。

「例えばなんですけど、この『屋上のウインドノーツ』は、単行本のときにはなかなか手に取ってくれなかった若い人にも読んでもらえるようにと、キャラクター文芸寄りの、登場人物のイラストを使用したカバーにしたんです」

吹奏楽部で活躍している中高生に対して、「君達が楽しめる小説だよ」と、行き先を示そうとした。

「でも、単行本のときと中身はほとんど一緒ですよね？」

そう言って三木さんは『屋上のウインドノーツ』の単行本と文庫本を手に取った。

その瞬間、ふと、頭を過《よ》ぎるものがあった。

文庫化するに当たって、単行本から中身は変わっていないのに、行き先表示だけを変える意味とは？　もしくは、文庫の方が正しい行き先表示なのだとしたら、単行本のときにどうしてそうしなかった？　三木さんは、言外にそう言いたかったのかもしれない。

送り届けるべきところに送り届けなければ、何万部刷ろうと意味はない。三木さんの言葉が、徐々に、じわじわと効いてきた。

そしてこの章の冒頭で書いた、あの台詞が飛び出した。

「キャラクター文芸っぽい雰囲気で売るにしては、キャラクターが弱いですよね。『屋上のウインドノーツ』は」

キャラクターが弱い。発売から丸二年、『屋上のウインドノーツ』に対してそういう指摘を受けたのは初めてのことだった。

「弱いでございますか……」

「これは漫画の話ですけど、キャラクターはシルエットにしても誰だかわかるように描かないと駄目だ、って言うでしょう？」

人気漫画の登場人物は、シルエットにしても誰だかわかる。悟空もコナンもルフィもそう。黒で塗りつぶされてしまっても、その輪郭だけで判別できる。

「小説もそれと一緒なんですよ。たとえキャラクターの名前を忘れてしまっても、『あの

○○してた奴』『いきなり××って叫んだ奴』って読んだ人が覚えていられるくらいじゃないと。ラノベと文芸の違いは、シリーズ化を前提としているかどうかが大きいと思います。シリーズとして何巻も小説を出すということは、そのキャラクターでずっと物語を書いていかないといけない。このキャラクターの物語をずっと読み続けていきたい……そんなキャラの強さが重要なんです」

例えば……、と三木さんはこちらが持参した『タスキメシ』を指さした。三木さんはこちらも読んでくださっていた。

『タスキメシ』は、陸上と料理を題材にした青春小説だ。長距離走の選手として活躍していたものの、怪我で競技を離れた主人公が料理にはまってしまうことから物語が始まる。箱根駅伝の事後番組で日本テレビの水卜麻美アナが紹介してくださったり、二〇一六年の青少年読書感想文全国コンクールで高等学校部門の課題図書に選んでいただけたおかげでヒットし、私の代表作となった。『タスキメシ』のヒットが、作家生活二年目、三年目をとても充実したものにしてくれたのは間違いない。

「『タスキメシ』だったら、《めちゃくちゃカロリーコントロールにうるさい部員》を出すとかね。しかもジンクスに拘《こだわ》りがあって、一日の摂取カロリーの端数を777にしたくて必死になってるの。練習終わりにマネージャーが作ったおにぎりを食べようってときも、『いや、俺、今日はあと十三キロカロリーしか摂取できないからっ！』って拒否するの」

もしそのキャラクターの名前を忘れてしまっても、「あいつあいつ、あのカロリーを絶対777にしたい奴！」と、どんな存在かは覚えているというわけだ。

「キャラクターの強さって、そういう設定をどれだけ積み上げられるかなんですよね」

最早取材ではなく、作家として原稿に駄目出しを受けている気分だった。

## いじめられて図書館に逃げ込んでる奴

『タスキメシ』を捲りながら、三木さんは自身の中にある「デフォルトの読者」についても話してくれた。三木さんが作る本は常に、その「デフォルトの読者」に送り届けるためにあるという。

「彼はいじめられてるんですね。学校が大嫌いで、クラスメイトも嫌いなんです。で、いつも図書館に逃げ込んでる。そんな彼が楽しんでくれる物語を僕は常に求めてます。そういう彼の日常ってどういうものだと思います？」

図書館に逃げ込んでる奴。そういう奴に、私は覚えがあった。

「し、しんどいです……」

例えば、小学生のとき。私は教室が嫌いだった。学校の中で一番落ち着くのは図書室だった。例えば、中学生のとき。私は数少ない友人と教室の隅で息を殺していた。

私はこのとき「いじめられて図書館に逃げ込んでる奴」に、堪らなく親近感を覚えていた。私が中学時代にラノベと出合ったのは、もしかしたら、そういう理由からだったのかもしれない。

「そうなんですよ。彼の毎日は、めちゃくちゃしんどいんです。周りは嫌な奴ばっかりでしょ？　努力はぜーんぜん報われないし、悪は絶対に成敗されない。だからせめて、フィクションの中でくらい苦労やピンチを乗り越えて、勝利を摑みたいじゃないですか」

なるほどなあ、と思った。三木さんが『タスキメシ』を前にこの話をした理由が、よくわかった。ネタバレになってしまうが、『タスキメシ』は三木さんの言う「苦労やピンチを乗り越えて、勝利を摑む」という結末を迎えない。むしろ、努力は報われないことを読む人に突きつける物語だ。

「だから、もし僕がこの小説の担当編集で、僕の思う『デフォルトの読者』に向けて本を作ろうとしたら、『タスキメシ』は《食》が勝利の決め手にならないといけない。他のチームは《食》を顧みなかったけど、俺達は《食》があったから勝ったぜ！　みたいなね。苦労やピンチを、《食》をきっかけに乗り越えていく。そんなカタルシスが必要です」

苦労やピンチを乗り越えて、勝利を摑む。胸の内でそう呟きながら、『タスキメシ』の結末を現行のものにしようと決めたときのことを思い出した。

「私は、どうしても『現実はそう易々《やすやす》とは行かないよね』って考えちゃうんですよね」

『タスキメシ』もそう。『屋上のウインドノーツ』の結末だってそう。作中で登場人物は努力するけれど、それが報われるかどうかは別問題。現実はそんなに優しくない。

ああ、もしかしたら、それがラノベと文芸の大きな違いなのかもしれない。

「物語の展開もそうですし、登場人物の作り込みでもそうですね。私も編集も、とことんリアリティを追い求めているんだと思います」

『タスキメシ』や『屋上のウインドノーツ』を読んだ人からは、「ラストが厳しい現実を突きつけるものだったからこそよかった」という内容の感想をもらうことが多い。一方、「苦労やピンチを乗り越えて、勝利を掴む」ことを求めている人が私の本を読んだとしても、「面白くなかった」と本棚の奥にしまい込んでしまったり、何かの折りに古本屋に売りに行ったりするのかもしれない。声を上げることもなく、ただ静かに静かに。

電車の行き先表示が必要というのは、そういうことなのだろう。

「『タスキメシ』はご飯と陸上競技っていう設定がいいですよね。斬新です」

話の合間に、三木さんはそんな風に言ってくださった。『タスキメシ』のストーリーに触れつつ、いろいろと感想をいただいた。中学時代に夢中になって読んだ本を編集した人の口から自分の本の感想が出てくるのは、不思議な気分だった。純粋に嬉しかった。

しかし、三木さんの口から、『タスキメシ』の登場人物の名前は一度も出てこなかった。

『屋上のウインドノーツ』の登場人物の名が出ることもなかった。キャラクターが弱いって、こういうことかと思った。

黒子ちゃんの言葉を思い出す。

『額賀さんの小説にはラノベ感がありません』

黒子ちゃんが言っていたラノベ感というのはきっと、三木さんの言うキャラクターの強さとか、対象としている《デフォルトの読者》の違いなのだろう。

## 本を売る一番の近道

ライトノベルの利点について、三木さんはこのようにも語ってくれた。

「ラノベって、投じた資金を回収する機会が多いんです」

確かに、ラノベはメディアミックスの幅が広い。アニメはもちろん、コミカライズ、グッズ展開、ゲーム化。さまざまな媒体に作品が広がっていく。

「その点は漫画と似てますよね。『名探偵コナン』は長年テレビアニメが放映されていて、映画も毎年ヒットする。『ドラゴンボール』に至っては、もう連載は終了しているのに、アニメやグッズがあれだけ広く展開している。コミック以外のところで利益を得ることができる。ラノベも二次展開がしやすいので、文芸よりもジャンル全体が活発で、売れているように見えるのかも」

確かに、文芸作品の二次展開なんて、実写映画化やドラマ化くらいのものだ。もちろん作品によってはアニメ化やコミカライズが可能なものもあるだろうけれど。

「昔ならともかく、今の編集者は、本だけ作っていればＯＫ、みたいな時代じゃないんです。本を編集するというより、媒体を編集するという方が近いですね。アニメという媒体は、凄く伝播《でんぱ》力が強いんですよ」

テーブルに少し身を乗り出して、三木さんは続けた。

「小説の市場は、はっきり言って小さいです。めちゃくちゃ小さいです。それが漫画になると市場の大きさが十倍になる。アニメになったら作品の認知度がさらに跳ね上がる。僕も自分が担当した作品がアニメになってよーくわかったんです」

『灼眼のシャナ』『とある魔術の禁書目録《インデックス》』『ソードアート・オンライン』『俺の妹がこんなに可愛いわけがない』『エロマンガ先生』『撲殺天使ドクロちゃん』……。三木さんが担当した作品は、数多くアニメになっている。

「本を売るためには、アニメをヒットさせるのが一番の近道なんです」

にっこり笑いながら、三木さんは言った。

「アニメって、放映しただけじゃ大赤字なんですよ。ＤＶＤとかＢＤが売れて、初めてお金が回収できる。それらパッケージが売れれば、原作の小説も必然的に売り上げが伸びます」

「DVDやBDは売れたけど、原作は売れなかった、ということはないんですか？」

「パッケージは全然売れなかったけれど、原作は売れた、ということは多くあります。でも逆ってないんですよ。アニメがヒットしてパッケージが売れれば、絶対に原作も売れるんです」

「アニメを成功させることが、本を売る一番手っ取り早い方法というわけですか」

「そういうことです」

満面の笑みでそう言われたら、聞かないわけにはいかなかった。

「では、ラノベの企画を立ち上げる段階から、アニメ化は意識してるんですか？」

「いや、しないですよ。僕は小説の編集者なので、まず本で売ることを一番に考えています。アニメ化するってなったら、そこで初めてアニメを作るプロがどうするかを考えればいいんですよ」

「でも、『これはアニメ化しにくいからアニメにならない～』なんて言われてる本もありますよね？」

「どんなにアニメ化しにくい小説だって、売れてればアニメになりますよ。どんなに映像化しにくい作品でも、アニメにするために死に物狂いでその道のプロが考えますから。彼らはそれが仕事なんです。僕らが面白い本を作るのと同じように。『アニメ化しにくい』なんてのは、『もう少し売れてから出直してこい』という意味です」

実は私も、自著の中のいくつかに対し、「映像化しにくい」と映像業界の方から言われたことがある。懇意にしている人だったから、率直に「製作にかけたお金を回収できる算段が立たない作品だ」と言ってもらえて、逆にすっきりしたくらいだ。

「製作にかけたお金を回収できる算段」とは要するに、「映像化したら確実にヒットする」という説得力——コンテンツとして充分売れているかどうか、ということなのだろう。

**お前は今、ドヤ顔しているか**

最後に、こんな質問をした。

「売れる作品に一番必要なことは何ですか？」

この本の最終到達目標ともなる問いだった。

「作者がドヤ顔してるかどうかですね」

間髪入れず、三木さんは答えた。

「それは、作者がドヤ顔してるような作品はNGということですか？」

「いえいえ、違いますよ」

首を横に振りながら、三木さんは「逆です」と言う。

「作者がドヤ顔してるような作品じゃないと、生き残れないんです。特にラノベはシリーズ展開が前提ですから、そのシリーズを書き続けるためには、作者がドヤ顔できるくらいのパワーがないと」

よく、作家同士で集まるとこんな話になる。自信を持って送り出したものに限って、ヒットしない。「どうなんだろう?」「受け入れられるんだろうか?」と首を捻《ひね》りながら刊行したものが、ヒットしたりする。だから本当に、何が売れるかわからない。

デビュー三年目の私にさえ、その経験がある。私の一番のヒット作になった『タスキメシ』が、実はそうだ。デビュー後一発目の書き下ろし長編。これで大丈夫だろうか。受け入れられるだろうか。そんな風に思っていた。

でも、作った人間がドヤ顔で送り出せない小説を、一体誰が面白がってくれるというのだろう。

「またいつでも来てくださいねー」

三木さんに見送られてオフィスを出ると、外はまだ雨が降っていた。でも、来たときよりは雨脚が穏やかになっている。何より、空が少しだけ明るくなっていた。

作家デビューしてから、数多くの作家と会う機会があった。かつて読んでいた本をその手で書いた人と、直接言葉を交わすことができた。その度に、「うわあ、作家になったんだ」と胸がときめいた。石田衣良さんの隣に座ってサンドイッチを食べたり、角田光代さんに人生相談をしたり、桜庭一樹さんに卵焼きの描写を褒めていただいたり……中学時代の自分が今の私を知ったら、ひっくり返るんじゃないかという経験を数え切れないほどした。

デビューして二年半近くも経つと、徐々にそんな機会も減ってきた。良くも悪くも、作家としての自分が日常のものになった。

でも、その日、私は中学時代に夢中になった本を作った編集者に会った。その人に自分の書いた本を読んでもらえた。

うわあ、作家になったんだ。久々にそう感じた。

そして、こうも思った。

好きなものを好きなように書く時期は、終わったのかもしれない。

この小説は、どういう人に楽しんでもらえるのか。どうすればその人にもっともっと楽しんでもらえるのか。その人に届けるためには、何をするべきなのか。

デビューして二年二ヶ月。そういうことを考えるべきときが、来たのだ。

私はその日の夜、中学時代の友人にメールを送った。『灼眼のシャナ』や、同じく電撃文庫から刊行されていたハセガワケイスケさんの『しにがみのバラッド。』、橋本紡さんの『半分の月がのぼる空』、住本優さんの『最後の夏に見上げた空は』を貸し借りして読んだっけ。ラノベだけじゃない。たくさんの本を一緒に読んで笑い合った。

『シャナを編集した人に会ったよ』

友人からは、『凄いね！　懐かしいねえ。あの頃はいろいろ読んだね』という返信が来た。

久々に、古びた中学校の校舎に戻った気がした。スカートが異様に長いセーラー服を着て、教室の隅で息を殺すようにして、友人と本の貸し借りをしていた自分に返った。

私の思う《デフォルトの読者》はどんな人だろうと考えた。答えはすぐに出た。それは、さまざまな年齢のときの自分自身だ。中学時代のあの日の自分もいる。あの子が面白がって友達に貸したくなる小説を書きたい。あの子の友達が楽しんで、もっともっとあの子と一緒にいたいと思ってくれるような本を出したい。

それは時として、「苦労やピンチを乗り越えて、勝利を掴む」物語かもしれない。

それは時として、「現実の厳しさが垣間《かいま》見える」物語かもしれない。

自分が選んだ題材とかテーマ、そして送り届けたい想定読者。それによって書くべきものは変わる。だからこそ《届ける努力》を怠ってはいけない。

ただ、どんな物語を書くとしても、共通して思うことがある。変わらない願いがある。

あの子がたくさんでなくていいから、ささやかに友達を作る手助けができるような、そんな本であってほしい。

# 第三章

# スーパー書店員と、勝ち目のある喧嘩

「やばい、切符なくしました」

二〇一七年十月のとある朝。東京駅。東北新幹線の乗り換え口で、この本の担当編集・ワタナベ氏がそんなことを言った。ちなみに、三木さんを取材している最中もずっと私の背後にいた。

「えっ！　出発まであと十分ないっすよ！」

「おかしい。確かにさっきまで存在していたはずなのに」

途中で立ち寄ったバウムクーヘン屋さんや階段を見て回り、最終的に切符はワタナベ氏の財布の中にあった。

そんなトラブルを乗り越え、私達は東北新幹線へ乗り込んだ。

行き先は、盛岡だ。

**店頭からベストセラーを生み出す書店員**

盛岡駅で昼食に蕎麦を食べた。天ぷら蕎麦にサイダーがついた「宮沢賢治セット」なる謎のメニューをワタナベ氏と揃って注文し、今日の取材の作戦会議をする。

「宮沢賢治にあやかって、この本も売れるといいですね」

「この本だけといわず、私の出す本はすべて売れてほしいっす」

宮沢賢治セットの天ぷら蕎麦は美味かった。宮沢賢治の要素はどこに？　と思ったが、賢治は蕎麦とサイダーを一緒に注文して食すのが好きだったらしい。

「あ、ワタナベ氏、賢治の本が売れたのって賢治が死んでからです」

「なんと！　そういえばそうですね」

「私は生きているうちに売れたい！　死後評価されても意味ない！」

「僕だって自分が編集した本には生きているうちに売れてほしいですよ」

そうだ。二人で遥々《はるばる》盛岡に来たのは、三木さんのときと同様「本を売るにはどうすればいいか」を探るためだ。何故、東京から遠く離れた盛岡なのか？　その答えは、盛岡駅に直結する駅ビル「フェザン」の中にある。

「初盛岡、初さわや書店。これは記念すべき日です」

さわや書店は、岩手県盛岡市に本社があり、盛岡市内を中心に店舗を展開する老舗書店チェーンだ。二〇一六年に、タイトルや著者名、出版元を伏せて本を売る「文庫X」という取り組みが非常に話題になり、チェーン店の垣根を越えて全国へと広がっていった。こういった大きな取り組みばかりがメディアには取り上げられるが、さわや書店の面白さは、実際の店舗に行くとわかる。

私達が訪ねたフェザンには、さわや書店が二店舗入っている。フェザン店とORIORI produced by さわや書店だ。

フェザン店は書店員さんの手書きPOPが店中にあふれている。機械で印刷されたPOPの方が少ないという、珍しい書店だ。

ORIORI produced by さわや書店（通称・ORIORI店）は、フェザン店と比べると新しくシンプルな店舗だ。文芸書の棚へ行くと、著者の名前が書かれた札の代わりに、著者の顔写真とプロフィールの入ったパネルが並んでいる。床に目をやると、特設コーナーへ私達を誘導する矢印が点々と店の奥まで続いていた。

今日取材するのは、そんなORIORI店の店長・松本大介《まつもとだいすけ》さん（二〇一七年十月当時）である。外山滋比古さんの『思考の整理学』（筑摩書房）、相場英雄さんの『震える牛』（小学館）、黒野伸一さんの『限界集落株式会社』（小学館）などがベストセラーとなるきっかけを作った、出版業界がその動向を常に注目する書店員の一人だ。

前回は編集者という作り手側の目線から「本を売る方法」を探ったが、今日はその本を実際に読者へと送り出す書店員の目線に注目したい。書店から数多くのベストセラーを生み出したさわや書店、そして松本さんという存在は、そのテーマにもってこいだった。

「やっぱりね、作家さんの顔がわかると親近感が湧くと思うんですよね」

著者の顔写真が並ぶ棚の前で、松本さんはそう語った。

「お店のアルバイトの子に『現代作家の名前、誰でもいいから挙げてみて』って聞いたらね、大体三人くらいしか出てこないの。伊坂幸太郎さん、東野圭吾さん、有川浩さんとか。そんなもんなんですよね。だから店頭で顔と名前と略歴がわかるようにできたらお客さんも覚えやすいかなと思って、こういう棚作りを始めたんです。本屋が楽しい場所になれば、人は絶対に来ると思うんで」

「いいですねえ、素晴らしい！　最高です」

何故私がこんなに上機嫌かというと、自分のパネルもしっかり展示されていたからだ。すべての作家がパネルを作ってもらえるわけではない。隣は羽田圭介さん、上には中村文則さん。名だたる作家陣のパネルが並ぶ中、私の名前と顔写真があった。

「ちなみに、パネルを作る作らないの基準とは……」

「僕の趣味です」

私がその日初めて会った松本さんを大好きになったのは言うまでもない。ちなみにワタナベ氏は自分が担当した本が大展開されていてホクホク顔だった。

## 書店へ外から人を引っ張ってくる方法

「でも、あのパネルも、見方を変えたら厄介な存在なんですよ」

ＯＲＩＯＲＩ店近くのコーヒーショップの隅っこでテーブルを囲み、取材を始める。松本さんはまず、力作のパネルについて語ってくれた。

「あれを一枚置くと、単行本四冊分くらいのスペースを取ります。十人分置いたら、四十冊。著者紹介のパネルのためにその四十冊を棚から追い出してしまっていいのか？　という意見はもちろんあるでしょうね」

「私は運良くパネルを置いてもらえているので超ハッピーですけど、店頭に一冊も私の本がなかったら怒り狂ってますね」

「でしょー？」

書店は面積に限りがある。棚に置ける本の数にも、限りがある。

「本屋の棚は常に戦場だからね」

けらけら笑いながら松本さんはそう言ったけれど、本当にそうだ。素知らぬ顔で楽しげに棚に並ぶ本達は、それぞれが戦いを勝ち残った一冊だ。気を抜いたら「映画化決定！」「天才中学生デビュー！」「あの芸能人が小説に初挑戦！」なんて謳い文句を引っ提げた新作にあっという間に取って代わられる。

「ぶっちゃけ、今の日本に苦しくない書店なんてないと思うんですよ」

それまで黙ってブラックコーヒーを飲んでいたワタナベ氏が、そう切り出した。本を作る者と売る者。見つめている現状も抱えている悩みも一緒だ。

←ＯＲＩＯＲＩ店の様子（2017年10月当時）。作家の顔写真とプロフィールを並べたパネルが本と一緒に飾られている。

↓毎年開催される「さわベス」の結果も手書きで掲示。よく見ると「タスキメシ」が！

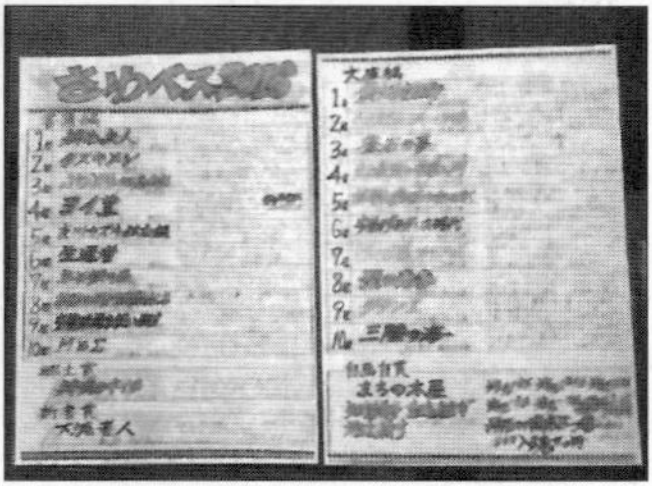

こちらはフェザン店の様子（2017年10月当時）。大小さまざまな手書きのＰＯＰが並ぶ光景は圧巻。店内をうろつくだけでも楽しい。

「僕も長く本屋やってますけど、書店って昔は情報収集の場だったんですよね。本が情報を得るための重要な手段だった。もうこんな話、聞き飽きたでしょうけど、ネットとかスマホとかがこれだけあふれてれば、書店はもう情報収集の場じゃないんですよ。だから《情報収集のその先》が、さわや書店のコンセプトなんです。今取り組んでいるのは、《書店を介した面白い体験》を地域の人と一緒に作ることです」

松本さんが例として挙げたのは、『うまい雑草、ヤバイ野草』（サイエンス・アイ新書）を書いた森昭彦さんを招いて行ったイベントだ。

「河原にみんなで集まって、森先生の指導のもと、食べられる雑草を採集してカレーを作って食う！　っていうイベントで、これが結構盛り上がって。普段書店に来ない人も、『雑草のカレーって何よ』って面白がって参加してくれたの。そうやってお店の外から人を引っ張ってくる努力をしないと、これから書店ってますます苦しくなるだろうね」

お店の外から人を引っ張ってくる。その言葉に、私は思い当たることがあった。

「私がデビューした数週間後に、又吉直樹さんが芥川賞を取ったんです」

「え、本当？　額賀さんのデビューってその頃だっけ？」

「どんぴしゃです。だから正直受賞のニュースを聞いたときは、『もう私の本なんて誰も買わんだろ』って思ったんですよ。そりゃあ誰だって『火花』買いますもん、読みますもん。でも、実際、又吉さんの芥川賞受賞のあとに本屋さんに行くと、まあ人がいっぱいいるんですよ。普段本屋に来ない人が本屋に来てるんだって。だから、この人達が気まぐれに私の本を手に取って、運良く買ってくれるならそれでいいやと思ったわけです」

当時の光景は、とてもよく覚えている。その頃私は神保町にある広告代理店で働いていて、三省堂書店神保町本店に、会社の昼休みに毎日通っていた。だから、お客さんが増えてるのがよくわかった。

「《外から人を引っ張ってくる》って、書店の外からはもちろんですけど、私の本を読んだことのない人や、私を知らない人にもアプローチしていかないといけないと最近思っていて、今進めている企画では『なるべく巻き込む人を多くする作戦』というのを実行しているんです」

この頃、私はデビュー版元である文藝春秋で書き下ろしの長編小説に取り組んでいた。

「いろんな版元から執筆の依頼を受けているうちに、自分の中の引き出しで小説を書くのに限界を感じ始めまして、二〇一七年は取材をして小説を書くということが多かったんです。小説のネタも集まる上に、自然と小説に関係する人や団体が増えていって。私のことは知らないけど、取材した人には興味があるっていう人が結構いることに気づいたんです。そうやって人を巻き込んでいけば、いろんな方向から小説に興味を持ってもらえるのかなと考えるようになりました」

二〇一七年の夏から秋にかけて、私は埼玉、神奈川、盛岡、福島、名古屋、京都ととにかく取材をしまくった。総移動距離はとんでもないことになり、新幹線のチケットとビジネスホテルを手配するスキルと引き替えに腰を痛めた。出張ばかり行っているビジネスマンを心から尊敬するようになった。

「『○○さんを取材して書かれた本なら読んでみよう』っていう動きが期待できるってわけだね。理屈はわかるし、意味のあることだと思うけど、度を超すとまずいことになると僕は思うんだよね～」

そんな怖いことを松本さんは言う。

「『なるべく巻き込む人を多くする作戦』の典型例で、今多くの人がやってるのがさ、『書店員をなるべく多く巻き込む作戦』なんだよね」

「……おっしゃる通りと思います」

恐らく、松本さんの元には毎日のように「巻き込まれてくれませんか」という遠回しな依頼がたくさん届いていることだろう。

「わかりやすいのがプルーフね」

おや、これはもしかして、私は開けてはいけないパンドラの箱を開けてしまったのではないか。

松本さんがにこにこと笑いながら口にした「プルーフ」という言葉に、私は少し寒気を覚えた。

## プルーフとは何か

プルーフという存在を知らない人に向けて、ここでご説明します。

プルーフというのは、本が完成する前に作られる見本のことです。発売されたばかりの本の帯やPOP、ポスターに、よく書店員さんのコメントが入っていますよね。「どうして今日発売の本なのにもう感想が書かれてるんだろう？」と思ったことがある人もいるかもしれません。それらは大抵、事前にプルーフを書店向けに配り、書店員さんに読んでもらって感想を募集しているのです。ゲラをそのまま送り届けることもありますが、きちんと製本してある（ときには作者からのメッセージが入っていたりします）方が、その本に対する作者や版元の意気込みが伝わるというものです。

かくいう私も、プルーフは何度も作ってもらいました。それだけ版元が力を入れて売ろうとしてくれているということで、ありがたい限りです。

事実プルーフを読んで「この本をプッシュしよう！」と書店員さんが思い、実際に店頭で大きく展開してもらえた、という事例もたくさんあります。

さて、そんなスーパー販促物・プルーフに対して、さわや書店・松本さんは何を語るのか――？

## 右を見ても左を見てもプルーフ

「雫井脩介さんの『犯人に告ぐ』（双葉社）が刊行されるときに、プルーフが多くの書店に届けられた。それを読んだ書店員が『これは面白い！』と自分の店で大展開した。たくさんの書店員が頑張ったおかげで、いろんな書店へ展開の輪が広がっていった。そしてめちゃくちゃ売れた」

その結果——。

「みーんな、プルーフを作るようになった」

かつて珍しくて画期的な販促手段だったプルーフは、《当たり前の存在》になった。まるで聞く人に教訓を訴えかける昔話のようである。

「別にね、みんなが作るようになったとしても、プルーフ自体には大きな効果があると思うよ。でも、それを活用できてるのかどうか、疑問に感じることは多いよね」

「といいますと？」

何だかこれ以上聞いたら、自分の首を絞めることになりそうだなあ。そんな嫌な予感がしたが、好奇心には勝てなかった。

「だってさー、プルーフを配ったって、読む側は《いいコメント》しか書かないし、配る側も《いいコメント》しか求めてないでしょ。《何でも褒めるだけ》の風潮が蔓延《まんえん》してるんだよ」

「うわー、それ、言っちゃ駄目なヤツですよー！」

あー、やっぱり。これは不味《まず》いことを聞き出してしまったぞ。私の隣でワタナベ氏はコーヒーカップで口元を隠しながら苦笑いしていた。

「もちろんさ、プルーフを読んで『面白かった』と感想を送って、それが帯コメ（本の帯に入るコメント）として使われたりすると、書店員も『責任持って自分の店で展開しよう！』と思うわけだよ。でもそれを毎日のように繰り返してたら、作家や編集者や版元とどんどんしがらみができちゃって、面白くない作品を読んだときに『これは面白くなかった』なんて言えなくなっちゃうでしょ」

「そりゃあ、書店員さんも人間でございますから」

「よくよく考えてみてよ。プルーフって、本が完成する前の状態なわけでしょ？　それをみんなで褒め称えたって完成に向けて全くブラッシュアップされないじゃない。ただ褒められて気持ちよくなって、帯に絶賛コメントが入るだけ。ちょっとでも面白くしてやろうって気持ちがなければ、又吉さんの『火花』が書店に連れて来てくれた人達はあっという間に逃げて行っちゃうよ」

『火花』は読んだ。『火花』は面白かった。でも他に面白い本はないや。そう思った人々は、瞬く間に書店の外へと行ってしまう。次に『火花』のような小説が出てくるまで、書店には足を向けない。

「前から気になってたんですけど、書店員さんって送られてきたプルーフを読んで『あ、これつまらん』と思ったり……しますよね？」

好きな作家の小説だって、「これは合わなかったな」と思うときがあるのだから。

「そりゃあ、人間だもの」

「でも感想は送らないといけない。そういう場合、どうするんですか？」

「よく帯コメを書いてる○○○書店の○○さんがこの前ね、『どんな本にも面白いポイントはある！』って力説してたよ。そこを見つけて感想を書くらしい」

なんてこった。

「三木さんの『世に出た作品はどれも面白い』理論がこんなところで活躍してしまうとは……」

隣に座るワタナベ氏も同じことを思ったようで、遠い目をして「なんと……」とこぼした。きっと、土砂降りの靖国通りを思い出しているんだろう。

「書店と版元が繋がりを作ることはいいことだと思うんですよ。文庫Xだって、書店員同士の繋がりがあったから盛岡から全国へ広がっていったんだから。でも、馴れ合いとか緊張感のない関係になっちゃ駄目だよね。刊行された本を『面白いですね！　素晴らしいですね！』って褒めるだけ、褒められて気持ちよくなって広告に活用するだけ、なんてね」

## 書店員＝読書の最前線にいる者

「松本さんは、本が売れるためには何が必要だと思いますか！」

ずばり聞いてみることにした。

「まず、いい本！　面白い本！　これは絶対だね」

そうだ。こちらだって、面白くない本を小細工で読者を騙《だま》して売ろうとしているわけじゃない。

でもいい本が、面白い本が、何もせずに売れていくわけでもない。そうだったらどんなにいいだろう。救われる作家が、編集者が何人いるだろう。しかし現実は違う。

「残念なことに、『いい本』だから無条件で売れるわけじゃない。書店員は《読書の最前線にいる者》として、努力し続けないといけないんですよ。文庫Xが売れてよかったね、『火花』が売れてよかったね、『君の名は。』の関連書籍が売れてよかったね、じゃなくて。プライドを持って次へ次へと情報発信しないとね。それが書店で働く醍醐味なんだから」

「書店って小売業ではあるんですけど、書店員はただの接客業じゃないんですよね」

「そうそう、職人みたいなもんなんだよね。さわや書店は書店員が結構自由に棚を作ったり、売り方を工夫することが許されてるんだけど、どこの書店もそうというわけではないから。ジレンマを抱えてる書店員も多いだろうけど」

　意欲がある書店員に限って自由に売り場を作れなかったりする。本を訴求するアイデアは持っていてもそれを実行するための決定権を持っていなかったりする。このご時世に努力もせず葛藤もせず本屋さんをやっている人間などいないと、松本さんと話しながら改めて思った。

「作り手が面白い本を妥協することなく作ること。それを送り出す書店員は目利きであれ。それが僕が思う本が売れるために必要なこと、かなあ」

「目利き……確かにそうですね」

「店内で雑貨を売ったりカフェを併設してる書店も増えてるじゃない？　本以外のところで利益を出して、本屋として生き残っていくという戦略はアリだと思うし、お洒落な雑貨やカフェのおかげで外から人を呼び込むことができる。でも、それってあくまで経営的なものでしょう？　書店員が第一にすべきは『本を売る』『面白い本を目利きする』ことだし、僕みたいに管理職をやっている人間は、そういう環境をいかに作っていくかだね。意欲のある人には、社員とかパートとかアルバイトとか関係なく、自由に売り場を作ったり、本を売るためのアイデアを出してほしいと思ってる」

　確かにフェザン店の手書きＰＯＰの山や、ＯＲＩＯＲＩ店の、人を店の奥までどんどん迷い込ませるような仕掛けは、一人の意欲ある人間だけでできるものではないだろう。

いろんな人の「これ読んでみて！」という声が四方八方から聞こえる。二つの書店は、そんな場所だった。

「もちろんね、やってみたけどいい結果が出なかった、なんてことも多いと思う。そこで諦めちゃいけないし、上の人間も『ほら駄目だったじゃないか』って言っちゃいけないんだ。ただひたすら、チャレンジの繰り返しだよ」

「松本さんがチャレンジしたけど上手く行かなかったことってあるんですか？」

私の質問に、松本さんは顎に手をやった。「そうだなあ」と遠い目をして、突然苦笑いをこぼす。

「昔、『この本はどう読んでも面白くない！』っていう本があって、思わずその本の《面白くない理由》をPOPにしたんだけど……まあ、多方面から怒られたよね」

「絶賛コメントが並ぶ中、あえてマイナスの要素で売り出すのはアリだと思うんですけどね……」

「えっ、額賀さん、そういうのOKな人？」

「これでも前職は広告関係ですから！　周りと違うことをやるのは大好きです。むしろ、いつか私が出す小説でやりませんか？　ここが面白くないぞPOP！」

「本当？　本当にやっていいの？　編集さんとか営業さんからストップかからない？」

「面白くないものを面白いと言って売るくらいなら、『面白くない！』と素直に言ってP

Rしましょうよ。酷評されてる映画でも、あまりの酷評振りに思わず観に行っちゃうことってあるじゃないですか」

「わかるわかるー！」

そして、観に行ってみたら意外と面白かった、なんてことも結構ある。

## タンスの角に足の指をぶつけてほしい人

せっかくなので、松本さんにはこの『拝啓、本が売れません』を売るためにはどうすればいいかという相談もした。序章〜第二章までの原稿も、実は読んでもらっている。

「もっと毒を吐こうよ、額賀さん。『あんな爽やかな青春小説書いてる人がこんな毒吐いてる！』って読者をびっくりさせましょう。『作者のイメージを損なう内容になっていますので読まないでください』ってPOPを書きますから」

担当編集・ワタナベ氏は止めるんじゃないかと思ったが、「マイルドにしたって面白くなくなるだけですからね」とにこにこしているので、OKということなのだと思う。

「毒なら持ってますよ。人より多めに抱え込んでますよ。朝井リョウさんと住野よるさんの本を書店で見かけるたびに『タンスの角に足の指ぶつけちまえ』と思ってます！」

「え、同世代だから？」

「だって私、朝井さんがデビューしたときの小説すばる新人賞に応募して一次落ちしてるんですから。私が大学一年で、彼が大学二年のときです。その後、私が目標だった在学中のデビューもできず、就職活動も上手く行かず、何者にもなれないまま大学を卒業しようとしているときに就活を題材にした『何者』で直木賞を取ったのが朝井リョウさんですから！」

ワタナベ氏にもこの話はしたことがなかったはずだ。松本さんと二人揃って「因縁だ〜確執だ〜」と楽しげに笑っている。

これは私が何年も抱えている、非常に一方的な確執だ。

「ちなみに住野よるさんはデビューが一週間違いです。あちらさんが一週先にデビュー作『君の膵臓をたべたい』（双葉社）を刊行して、翌週が『屋上のウインドノーツ』と『ヒトリコ』の発売でした。書店で平積みされるときも、広告の場所も、書評も、よく隣に並んでたんです」

気がつけば『君の膵臓をたべたい』、略して『キミスイ』はあれよあれよという間にベストセラーとなった。一週違いのデビューなのにえらい違いである。

「実はお二人とも直接会ったことがないんですけど、そういうことから意識するわけですよ。いや、《意識する》っていうのは格好つけ過ぎですね。敵視するし嫉妬もするし羨ましいと思います。この複雑な気持ちを言い表すなら、やはり『タンスの角に足の指ぶつけちまえ』ですね。もしくは『牛乳飲んでお腹痛くすればいいのに』です」

朝井さん、お腹弱いらしいから。

「朝井さんと住野さんは私の目の上のたんこぶです。歳も近いから、これから延々と戦場を共にせねばなりませんし」

《朝》と《よる》がいるから、そのうち《昼》が出てくると思う。

朝昼夜ルールからは外れるが、同じ松本清張賞を取った『八咫烏《やたがらす》』シリーズ（文藝春秋）の作者・阿部智里さんなんて、怖さが一周回って親しみになってしまったくらいだ。それでも、私は彼女の本は老後まで読むことができない気がしている。

読者である自分にとって、面白い本は嬉しいもの。しかし、作家である自分にとっては、恐ろしいものに姿を変えるのだ。

「僕は額賀さんには《一文の力》があると思うから、それを武器に朝井さんと住野さんにガンガン喧嘩を売っていってほしいなあ」

先日、通行人を傘で突く酔っ払いと喧嘩する羽目になった話を松本さんはした。要するに「喧嘩するときはちゃんと勝ち目のある武器を持ってないと駄目」ということだった。

「額賀さんの小説にはねえ、読んでいる人の胸に穴を穿《うが》つような一文がどん！　と出てくるんだよね。それを武器に戦ってほしいな」

「わかりました、ぶんぶん振り回します」

「『さよならクリームソーダ』とかさあ、凄くよかったもん」

松本さんの口から『さよならクリームソーダ』の名前が出て、思わず手に持っていたマグカップをどんとテーブルに置いた。

「本当ですか？　『さよならクリームソーダ』、よかったですか？　書いた人間が言うのもなんですけど、大好きな小説なんです！」

「よかったよ、凄くよかった」

デビューして、『タスキメシ』を出して、四冊目の単行本として刊行したのが『さよならクリームソーダ』だった。私にできることとやりたいことをすべて詰め込んで、磨いて磨いて磨いて、大事に作った物語だった。

「『さよならクリームソーダ』、重版かけたかったんです……かけたかったんです……」

残念ながら、あの本は重版まで辿り着かなかった。面白いものを作っても売れない。いや、そもそも自分が思う「面白い」の感覚がおかしいんじゃないか。面白い小説を書く以外のことをしないといけないんじゃないか？

この本ではずっと「本を売る方法」を探ってきたが、企画のスタートは『さよならクリームソーダ』だったといっても過言ではない。

「だって、あの小説は絶対面白いんですよ。ぜーったい、いい小説なんです。今に見とれよ、って思ってます」

誰に対して「見とれよ」なのか、自分でもよくわからない。強《し》いていうなら、「重版できなかった」という事実に対して。こう考えると、私はいつもいつも、「今に見とれよ」という気持ちをエネルギーに仕事をしているのかもしれない。

## 面白い本を作ろう

四時間近くに及んだインタビューののち、松本さんオススメの本をＯＲＩＯＲＩ店で購入し、最終の新幹線で私達は盛岡をあとにした。

「ねえ、ワタナベ氏。松本さんへの取材を一言で表すと結局のところ、『面白い本を作れ』ってことなんですよね」

「作り手としては、そこから逃げちゃいけないということでしょう」

疎《まば》らにしか乗客のいない新幹線の中での会話は、もっぱら取材の内容についてだ。

「『さよならクリームソーダ』って、そろそろ文庫になるんじゃないですか？」

「二〇一八年の五月でちょうど刊行から二年になるので、タイミング的にはその頃文庫化ですかね」

「文庫化に合わせて加筆修正はするんですか？」

「そこを悩んでるんですよー。三木さんの話を聞いたときは、もっと登場人物のキャラを立たせてみようかなとか、もう少し登場人物の心情をわかりやすく書こうかなと考えましたし。自分を信じて手を加えず行くべきか、足掻《あが》くべきか。松本さんの言う《面白い本》になるように考えないとですね」

敏腕編集者と、スーパー書店員。東京と盛岡。遠く離れた場所で仕事をする二人の話には、共通点があった。

三木さんは本が売れるために必要なのは「作者がドヤ顔をしてること」だと語った。

松本さんは「面白いこと」と言った。

作家に求められることは、自分が面白いと思うものを全力で作ることなのだろう。

それに付け足すならば、編集者や書店員、それ以外にも大勢いる本作りに関わるありとあらゆる人の底力とか誇りとか想いとか、そういったものを信じること、かもしれない。

その日、帰宅したのは深夜零時過ぎだった。部屋の中は真っ暗で、黒子ちゃんはすでに床に敷かれた布団に入って寝息を立てていた。

黒子ちゃんの顔に布団を掛けて、電気を点けた。本棚から『さよならクリームソーダ』を取り出して、じっくり読んだ。今日読まないといけない気がした。明け方までかけて読み切って、ちょっと寝て、近所のＴＳＵＴＡＹＡへ松本さんに熱烈にオススメされた映画『インターステラー』を借りに行った。改めて思ったが、書店員さんは面白いと思ったものを人に薦めるのが本当に上手い。人を寝ぼけ眼《まなこ》でTSUTAYAに走らせるパワーを持っている。こうやって面白い作品に出合えるのが書店の醍醐味だし、「面白いからこれ読んでみて!」というメッセージが込められているのが書店の棚だし、読書の最前線にいる人間の凄さなのだと思う。

松本さんには私が一番好きな映画『極道大戦争』を薦めたので、次に会うときは感想を言い合えるはずだ。

# 第四章

# Webコンサルタントと、ファンの育て方

## 死にたくなければ「大丈夫」を信じるな

私は二〇一七年十一月に『ウズタマ』という本を出した。

内容はひとまず置いておいて、この本の刊行に伴い、私の作家人生の節目となる大きな出来事があった。

初版部数が減ったのである。

初版部数というのは、文字通りその本が初めて世に出るときに、どれくらいの冊数を刷るかという数字だ。版元の担当者が「この本はどれくらい売れるだろうか」「この作家が前に出した本はこれくらい売れたから、この本もこれくらい売れるだろう」と頭を悩ませ、この数字は決まる。

ちなみに初版部数は、本の発売ぎりぎりまでわからないことが多い。ときとして、発売日を過ぎても何部刷ったのかわからないことだってある。この本が刊行されたら、どれくらいの収入があるのか。わからないまま執筆し、ときに自腹で取材に行ったりする。こうして客観的に考えてみると、小説家というのは酔狂な職業だなと思う。

デビュー作『屋上のウインドノーツ』『ヒトリコ』から六作目の『潮風エスケープ』まで、私が出した単行本の初版部数は、どれも一万部以上だった。七冊目『ウズタマ』の初版部数は、ついに一万部を切って八千部になった。

これまでずっと初版一万部以上だった作家が、初版八千部になった。それを「今までが恵まれ過ぎてたんだから、これが普通ですよ」と言う人は多いだろう。実際、何人もの人にそう言われた。確かに確かに確かに、デビューして二年半、初版が一万部を切らなかったことの方が奇跡だったのだと思う。

そしてこれが八千部から七千部になっても、六千部になっても、同じことを言われるだろう。

「今までが上手くいき過ぎたんだ。まだまだ大丈夫だよ」

確かに、初版八千部を少ないとは思わない。しかし、ずるずると減り続ける初版部数を前に、「大丈夫」と言っていたらこのまま下がり続けるだけである。

そしてあるとき、みんなこう掌《てのひら》を返すのだ。

「額賀さん、いよいよやばいですね」

ついこの間まで大丈夫、大丈夫と連発していた人達は、突然「あいつはもう駄目だ」と言うだろう。《大丈夫》と《やばい》は紙一重なのだ。

デビューしてからずっと、ずっと忘れずに心に留めている言葉がある。

「大丈夫」という言葉は、絶対に信じない――である。

## ここで一つ、Webを勉強してみよう

二〇一七年十二月。私とワタナベ氏は渋谷にいた。クリスマスの装飾で光り輝く渋谷ヒカリエの一階で待ち合わせし、いたるところにいるサンタクロースを横目に「私はクリスマスが〆切です……」と愚痴をこぼしながら、とあるビルに向かっていった。

渋谷の一等地にあるビルの上層階。そこに株式会社ライトアップという会社がある。出版社ではない。編集プロダクションでもない。もちろん書店でもない。

ここはいわゆる、IT企業というやつである。サイバーエージェント社のコンテンツ部門にいたメンバーが中心になり設立された会社で、当初はメールマガジンの編集代行を行っていた老舗のメルマガ編集会社だ。

だが、私とワタナベ氏は、メルマガの編集を依頼しにここに来たわけではない。

「本を売るにはどうすればいいか」を探る旅も中盤戦。これまで編集者、書店員と、出版業界の中にいる人々に話を聞いてきたが、ここで一つ、外の世界へ飛び出してみようということになった。

受付をして待つこと数分、会議室に現れたのは、ライトアップでWebコンサルタントとして働いている大廣直也《おおひろなおや》さんである。

「僕、出版業界のことはてんでわかりませんけど、いいんですか？」

挨拶も早々にそう言った大廣さんに、私とワタナベ氏は出版業界が置かれた現状を手短に、そして熱く聞かせた。概《おお》ねこの本の中でこれまで書いてきたことである。

「……というわけで、斜陽だと言われて久しい出版業界ですが、私はまだデビュー当時から恵まれてる方なんです。恵まれてるからこそ、それに胡座《あぐら》をかいて油断して死ぬ、なんて未来は真っ平ごめんなんです」

「そうなんですよ。額賀さんはこの間のドラフトで言ったら清宮幸太郎ですよ、文壇の清宮！」

ワタナベ氏も意気揚々とそう続いた。

「そうそう、私、文壇の清宮！」

「清宮がプロ入りしたら二年で戦力外通告目前なんてことになったら、誰だって何とかしようと思いますよ」

「戦力外通告目前は言い過ぎだ！」

「……じゃあ二軍落ち目前！」

「戦力外通告の方が面白いから戦力外通告でいいです……」

そんなわけで、私達は今日、Webを使ったマーケティングやプロモーションについて勉強するために、大廣さんの元へやって来た。

「マーケティングの話をする上で欠かせないのが、プロダクトライフサイクルというものです」

早速大廣さんの口から飛び出したカタカナ用語に、私とワタナベ氏は「ほう……ほう？」と眉間に皺を寄せた。

「要するに、その商品が売り出されて、人気が出ていき、そのあと徐々に衰退していき、最終的に市場から姿を消すまでのプロセスのことです」

会議室のホワイトボードに、大廣さんはグラフを描いた。一つの商品の寿命を「導入期」「成長期」「成熟期」「衰退期」の四つで区切り、今その商品がどの段階にあるのかでプロモーションの仕方も変わっていくということだ。

「とりあえず、作家としての額賀さんはこのプロダクトライフサイクルにおける『導入期』と考えていいと思います。商品が売り出されたばかりの『導入期』は、その商品のニーズを探ることが重要になるんです。そのためにテストマーケティングというのをやるんですよ。バナー広告とか、リスティング広告とかですね」

バナー広告とは、我々がＷｅｂサイトを開いたときに表示される帯状の広告である。クリックすると広告主のホームページやショッピングサイトに飛ぶ、アレ。

リスティング広告とは、我々が検索エンジンでキーワードを検索した際、検索結果と共に表示される広告のことだ。「水道　壊れた　どうしよう」と検索すると水道修理会社のホームページが出てきたりするやつである。

「あの手の広告って、純粋に宣伝のために表示されてるだけじゃなくて、マーケティングのテストでもあるんですか？」

私の質問に、大廣さんは「そうですそうです」と頷いた。

「普段、皆さんがパソコンやスマホで何気なくネットを使っていても、我々の元にはその人がどこに住んでいるか、何歳くらいか、どういう趣味嗜好を持っているかなどが、データとして蓄積されていますから。どの地域のどんな人がテストマーケティングとして表示させた広告に反応したのか、私達は調べることができます。もし特定の地域や年齢層にその広告がヒットしたとわかれば、そのターゲットに重点的に広告を表示させるんです。広告が響くかどうかわからない不特定多数の人に届けようと努力するよりよほど効果的だし、お財布にも優しいでしょう？」

ライトノベルというカテゴライズは、届けるべき人に届けるための電車の行き先表示みたいなものだと語った三木さんを思い出す。出版業界から飛び出しても、《ターゲットを明確にする》というキーワードが出てきた。

「ちなみに、『この商品は○○という地域に住む○歳くらいの人に届けたいものだ』とターゲットが見えていれば、その条件に該当する人に広告を表示させることもできます」

「ＹｏｕＴｕｂｅで動画を見ていると、よく広告が流れるじゃないですか。同じような広告ばかりが流れると、『ああ、何かのターゲットにされたんだろうな』って思うときがあります」

転職について検索した直後は、転職サイトの広告。確定申告について調べた直後は、会計ソフトの広告。スマホやパソコンを通して行ったあらゆる行動は、すべてデータとして蓄積され、マーケティングの材料になる。

「Ｗｅｂのよさは、新聞広告とかと違って、まずは実験的に小さな規模で始めてみて、一番効果があるものに対して予算をつぎ込んで拡大させることができる点ですね。効果がなかったらやめる、というトライ＆エラーが可能なので」

苦笑いを浮かべながら、ワタナベ氏も頷く。

「新聞広告とか雑誌広告は、一度出してしまったらたとえ効果がなかったとしてもどうしようもないですからね。お金も結構かかるし」

確かに、新聞広告も雑誌広告も狙いが当たれば上手く行く。新聞を読む層、その雑誌を読む層と広告が掲載された商品がマッチしていれば、効果は出る。もちろん出る。

しかし、トライ＆エラーができるという点はＷｅｂの大きな強みだ。

## 《左官》とＧｏｏｇｌｅ検索したら何が出てくる？

「出版業界に疎《うと》い人間の意見で恐縮なんですが、お二人が探している『本を売る方法』というのは、商品としての額賀さんの本をどうＰＲするかより、作家である額賀さんをどうやって多くの人に認知させるか、という方が近いと思うんです」

「知りたいです！　その方法、めちゃくちゃ知りたい！」

当然だけれど、作家が本を出せば、出版社が宣伝をしてくれる。でも、それはあくまで新刊に限った話だ。出版社からは、小説だけでも毎月何十冊もの作品が刊行される。余程売れた、賞を取った、テレビで取り上げられた、なんてことがなければ、優先されるのは「先月出た本より今月出た本」だ。

作家の視点で考えてみれば、今月出た本も一年前に出た本も、同じように売れてほしい。でも手段がない。ＳＮＳを活用しようと思っても、作家個人で届けられる人の数には限りがある。

大廣さんを頼ったのは、個人が大衆へ情報を発信するために、Ｗｅｂマーケティングの基本を押さえておきたかったからだ。

「例えばですけど、こんな面白いサイトがあるんですよ」

手元にあったノートパソコンで、大廣さんはとある会社のホームページを見せてくれた。

その名も原田左官工業所。左官屋さんである。

「……さ、左官でございますか」

建物の壁や床をコテで塗る、あの左官。原田左官工業所はその左官仕事を専門に請け負う会社だ。

「この会社のホームページ、めちゃくちゃアクセス数があるんです」

表示されたホームページだが、特に凄い仕掛けがあるわけでもない、小綺麗で見やすいデザインだった。見やすいけれど、多くの人が覗きに来る要素は一見すると見当たらない。

「……社長が元芸能人的な？」

「違います」

答えはこれです、と大廣さんは画面の中の一点を指さした。

ブログである。

「この会社がブログを頻繁に更新してるんです。内容は主に左官の技法ですね。いろんな塗り方が画像付きで紹介されてるんです。《左官》というキーワードはもちろん、技法の名前で検索しても、このブログがヒットするんです。必然的にホームページの閲覧数も上がる、というわけです」

「左官屋さんは日本中にいっぱいあるのに、ブログ一つでそんなに変わるものなんですか？」

「変わりますよー。皆さんがキーワードを検索したとき、いろんなサイトが表示されるでしょ？　あれは別にランダムに表示されている訳じゃなくて、検索エンジン——例えばGoogleだったらクローラーというソフトウェアを使って、世界中のWebページの情報を集めています。集められた情報は、Googleにどんどん記録されていくんです。皆さんが検索をしたときにヒットするサイトは、その記録を元に最適なものが表示されてます。しかも検索エンジンは、各サイトにそれぞれ評価をつけているんです。評価が高ければ、検索結果に表示される順番も、自然と上の方になります」

私は、自分のタブレットで《左官》と検索してみた。驚いたことに、話に出た原田左官工業所は検索結果の二番目に出てきたのだ。日本中に左官屋さんはあるのに、二番目である。これは凄い。

「つまり、原田左官工業所さんは検索エンジンから高い評価を受けてるってことですか？」

「そういうことですね。検索エンジンから高評価を受けるにはいろいろと条件があって、その中でも重要なのがページの作り方なんです。原田左官工業所さんはブログの中で左官の技法について書いています。だから、技法の名前をキーワードに検索したときに、引っかかりやすくなっている。しかもオリジナルの文章な上に、専門性がとても高い。こういうコンテンツを、検索エンジンは高く評価するんです。似たようなことをやっているサイトがあまりないからですね」

「オリジナルかどうかなんて、検索エンジンは判断できるんですか？」

ワタナベ氏が聞く。

「楽勝でできますよ！　他のサイトからコピペした文章とか、コピペしてちょっといじっただけの文章は、すぐに見抜いて『内容のないページ』と判断しますから。こういった検索結果にＷｅｂサイトが多く引っかかるようにいろいろ対策することを、ＳＥＯ（検索エンジン最適化）っていうんで、覚えておくと超便利ですよ」

## 武器は私の手の中にあった

「というわけで、僕は額賀さんに『額賀澪公式サイト』を作ることをオススメします」

一通り説明を終えた大廣さんは、私に対してそう言った。

「ＳＮＳ、ではなく？」

「はい。ＳＮＳではなく、きちんとＷｅｂサイトとして作った方がいいです。ＳＮＳに投稿した文章って、検索エンジンになかなか引っかからないんですよ。ＳＮＳはかけ算には有効なんです。例えばすでに有名な人が、商品をＰＲするときとかですね。でも、あくまでＳＮＳはコミュニケーションツールですから。常に見せたい情報も時間の経過と共に流れていってしまう。情報をしっかり貯めていけるＷｅｂサイトは持っておいた方がいいです」

な、なるほど。

「……ワタナベ氏、『拝啓、本が売れません』の予算で作ってくれたりしませんか」

「そんなお金、あるわけないじゃないですか。自分で頑張ってください」

「やっぱり！」

自力で行くしかないか、と溜め息をついた私に、大廣さんは簡単にホームページを作る方法をレクチャーしてくれた。

「簡単にＷｅｂサイトを作れるサービスが今はいっぱいありますし、額賀さんにしかできないコンテンツをふんだんに盛り込んだ公式サイトを一から作るといいと思います」

「額賀さんにしかできないコンテンツといっても、私は文章を書くくらいしかできないですが……」

「むしろ、文章が書けないと困ります。良質なコンテンツとは、要するに、専門性があって面白い文章をオリジナルで作れるかどうかなんですから。検索エンジンに評価してもらえるコンテンツを作り、Ｗｅｂサイトに来る人を増やすというのは、サイトを育てるということです。サイトを育てるとは、ファンを育てるのと同じです」

そこから、三人で額賀の公式サイトで何ができるかを話し合った。

文章を通して「額賀の小説」の世界観を知ってもらうにはどうすればいいか？

取材日記でも書いてみるか？　講演会で中高生に「小説の書き方」をレクチャーすることも多いから、その内容を公開してみるか？　作中に出て来るご飯を再現してみるか……などなど。

結果、私が自力で公式サイトを作り上げ、作家としての文章力を駆使してコンテンツを増やしていくことが決定した。

大廣さんはこうも言った。

「Ｗｅｂの世界でも、文章を書けるって武器なんですよ」

その後、ワタナベ氏が自社で配信しているニュースサイトの構造や配信方法について大廣さんにあれやこれやと質問を浴びせ、私達は「クリックされやすい記事タイトルの付け方」を習得した。

大廣さんに別れを告げてビルをあとにし、迷い込んでしまったべらぼうにお洒落な和食屋でべらぼうにお洒落な漬け物を食べた。漬け物のあとに出てきたアジフライは美味しかったが、べらぼうにお洒落な皿にのっていて困惑した。

「本を売る魔法はないんだなって、三木さんと松本さんを取材して思ったんですよね」

体によさそうなものばかりが入った味噌汁を飲みながら、ワタナベ氏は笑った。「そんなに甘くないですよね」と。

三木さんと松本さんの取材で共通していたのは、「まずはいい作品を作る」ということだ。想定読者をしっかり絞り込むとか、ターゲットに届けるための努力をするとか、注意すべきポイントはたくさんあったが、根幹にあるのは「いい作品であること」だった。

「Webって、何でもできる気がするじゃないですか」

なんかよくわかんないけど、何でもできる、って。アジフライを囓《かじ》りながら、私は言う。

「Webの世界を生きる人は、私達が知らない超びっくりなモノを売るための魔法を知っているに違いないって、心のどこかで思ってたんだろうなって」

「正直、僕も思ってました」

これは決して、大廣さんの話が期待はずれだったとか、肩すかしを食ったということではない。むしろ、私達は気づかされたのだ。私達を支える、もの凄く大事なことに。

「作家は、文章で勝負するしかないんすね」

流行の最先端を走る商業施設の中で、山手線の緑色の車輛が眼下を走り過ぎていくのを眺めながら、私とワタナベ氏は笑った。がっはっは！　と笑った。

私達の未来を切り開くための武器は、とっくの昔から、私達の手の中にあったのだ。

作家の武器は、結局は己の文章なのだ。

**「額賀澪公式サイト」本当に誕生する**

これまでの取材ならここで終わるところだが、この章ではまだ続きがある。

大廣さんの助言をもとに作った公式サイト（nukaga-mio.work）。詳しくは「額賀澪公式サイト」で検索してみてください。

私が自力で公式サイトを作り上げ、作家としての文章力を駆使してコンテンツを増やしていく。このミッションを達成するため、私は早速Ｗｅｂサイトを作り始めた。

やるからにはしっかり作りたい。サーバーを借り、WordPressをインストールし、独自ドメインを取得した。Ｇｏｏｇｌｅでいちいち「WordPress　使い方」「ウィジェットって何」「〇〇　できない」「××　方法」と検索しまくった。Ｇｏｏｇｌｅに高評価をつけられているサイト達のおかげで、何とか「額賀澪公式サイト」は形になった。

新刊の案内に、プロフィール、作品紹介、講演会のお知らせや、実は兼業でこっそりやっているフリーライターとしての掲載情報など、作家の公式サイトとして必要な情報はすべて掲載した。問題は、ここからコンテンツを増やしていくことである。

「額賀澪」で検索したときのこのサイトの検索順位は、まだまだ低い。大廣さんから学んだことを活かし、ここからSEO対策をしていかないとならない。

ひとまず、「額賀澪」で検索し、上位三位以内に表示されるサイトを目指そう、とワタナベ氏と決めた。

# 第五章

# 映像プロデューサーと、映像化のボーダーライン

「三十万部！」

三本指を掲げ、彼女は私に笑いかけた。

「それが、映像化のボーダーライン」

渋谷を見下ろす高層ビルの一角で、そんな指南を私とワタナベ氏は受けていた。

二〇一七年の十二月二十一日。世間はクリスマスを間近に控え、浮かれきっていた。渋谷なんてその頂点にあった。

そのただ中で、私は呻《うめ》いた。

「三十万部かあ……」

**映像化は一つの夢だよね**

遡ること半月前、私とワタナベ氏は新宿にある椿屋珈琲店で『拝啓、本が売れません』の打ち合わせをしていた。

三月刊行予定なのに十二月に原稿が書き上がっていない。それどころか取材すら終わっていない。なかなかスリリングな状況である。まったりコーヒーなんて飲みながら打ち合わせをしている場合ではない。

「額賀さん、二〇一八年の目標は何かあるんですか？」

「えー……『〆切を破らない』とかですかね」

「普通過ぎてつまんないですねー（笑）」

「短期目標は現実的な方がいいんですよ。達成感が得やすいから」

「じゃあ、中長期目標はドラマチックなんですか？」

「そりゃあもう！」

作家デビューした直後に私は三つの目標を掲げた。紙に書いて自宅の壁に貼った。仕事中に必ず視界に入る場所に。

『直木賞』、『本屋大賞』、『映像化』！」

「おおー！『〆切を破らない』との高低差が激しいですね」

「鼻息を荒くしているうちは、実現できないんでしょうけどね」

つくづく、デビュー直後にこの目標を立てておいてよかったと思う。もし今だったら、もっと現実的な目標を設定してしまう。良くも悪くも、仕事としての作家業がどういうものかを学んでしまったから。

「ほしい」と思っているうちは絶対に手に入らなそうなので、気長にいこうと思う。

それを踏まえた上で、ワタナベ氏はこう言った。

「直木賞と本屋大賞は正直僕達の手ではどうしようもありませんが、三つ目の映像化については、何かしらの近道はあるんじゃないですかね」

映像化の話になって、ふと思い出した。

「そういえば私、この前カルチュア・エンタテインメントのプロデューサーさんと会いましたよ」

「はてカルチュア・エンタテインメントとは?」

「CCC(カルチュア・コンビニエンス・クラブ)グループですよ、TSUTAYAとかの。その中で映像とか出版とか音楽とかを企画したり制作したりしてる会社です」

「なんと! そんな大事なことを何でもっと早く言わないんですか!」

——というわけで、第五章のテーマは「映像化」です。

## 飲み会には参加した方がいい

話は少し前に遡る。

詳しく書くと長くなるので簡潔にいきますが、佐藤青南さんという小説家がいます。ドラマ化もされた『行動心理捜査官・楯岡絵麻』シリーズ(宝島社文庫)や、『白バイガール』シリーズ(実業之日本社文庫)などを書いてる方です。詳しくはネットで検索してください。第九回『このミステリーがすごい!』大賞優秀賞を受賞しデビューした、元ミュージシャンの作家です。

この青南さんが定期的に横浜で「本にかかわる人の交流会」なる会を開いている。作家、編集者、書店員……etc、本に関わる職業の人が定期的に集まって情報交換をして交流するのが目的の会だ。私もこの会にしょっちゅう参加しているのだが、二〇一七年十一月某日に開催された交流会で、とある女性と出会った。

その人とは交流会中は席が離れていてほとんど話すことができず、帰りの電車が一緒になったのがきっかけで名刺交換をした。

この人が、カルチュア・エンタテインメント株式会社の映像企画部でプロデューサーをしている浅野《あさの》由香《ゆか》さんだ。

新宿方面へ向かう湘南新宿ラインに揺られながら、私は浅野さんにこんな質問をした。

「映像化する小説って、プロデューサーさん達はどうやって探してるんですか？」

ほろ酔いの浅野さんはこう答えた。

「本屋、本屋。超、本屋」

「……結構アナログな探し方で」

「本屋さんに行って、平積みされてる本を『映像化できる本はないかー！』って血眼になって探してますよ。どんなプロデューサーもそうだと思う。目についた本を買って、読んで、『これだ！』って思ったら即出版社に電話ですね」

「真っ先に映像権を押さえに行くんですね」

「こういうのって急がないといけないんですよー。電話したら『もう他社に押さえられてます』って言われてがっくり……なんてこともしょっちゅうだから。でも、映像化の企画って、立てても実現するものはほんの一握りだから、辛抱強く待ったりもするけど」

「他社の企画がポシャったときに、サッと映像権を押さえるってわけですか」

「そーそー！」

こんな会話をしながら新宿駅まで一緒に帰った私達だったが、後日この出会いが『拝啓、本が売れません』の取材に結びつくことになった。

飲み会には参加しておくべきである。

## 出版社を買収するのが出版社ではない

カルチュア・コンビニエンス・クラブ株式会社——通称・CCCの本社は渋谷にある。

二〇一七年の年末の賑やかな渋谷に降り立った私とワタナベ氏は、快晴の冬空にそびえる高層ビルをエレベーターでひたすら上へ上へと昇っていった。

「こんな日にCCCに取材とは、何か運命めいたものを感じますね」

エレベーターの中でワタナベ氏がぽつりとそんなことを呟いた。

この取材の前週に、CCCは主婦の友社を子会社化したのだ。「Ray」といったファ

ッション誌やティーンズ向けの情報誌を発行する出版社だ。近年はヒーロー文庫という
レーベルを設立して、小説投稿サイト「小説家になろう」に掲載されたライトノベルを
出版していた。その主婦の友社が、ＣＣＣに買収されて子会社になったのだ。
ワタナベ氏はこう続けた。
「この出版不況で、出版社が倒産したり買収されたりなんてことは珍しいことじゃない
し、きっとこれからもたくさんあることなんでしょうけど……出版社を買収するのが出
版社ではないっていうのが、業界のやばさを感じますよね」
「出版社が出版社を買収する余裕はなく、他業界の元気な会社が買収するわけですから
ね」
辛気くさい話をしながらエレベーターを降りると、目の前に鮮やかな水色の壁がそび
えていた。「ＣＣＣ」の文字がそこに鎮座している。窓は大きく、渋谷の街が見渡せて、
壁は真っ白で、天井はお洒落に配管剝《む》き出しで、紙製の不思議なオブジェが置かれてい
て、本棚には綺麗な本が並んでいる。ワタナベ氏曰く「お洒落で教養が深そうな本」が。
広々としたワークスペースには仕切りがなく、形も色も違うテーブルと椅子が並んで
いた。そして紙がない。ゲラも資料の本も置いてない。行き交う人々は一人一つノート
パソコンやタブレットを持っていた。
「オフィスというのは、ゲラが山になって一日一回雪崩《なだれ》が起きるものなんだけどなあ」

ワタナベ氏のぼやきに、「きっと他のフロアに行ったらゲラが山積みですよ（笑）」と適当なことを言った。

## 映像プロデューサーのお仕事

ワークスペース内のテーブルに陣取って、浅野さんへのインタビューは始まった。まずは、プロデューサーと呼ばれる人々がどのように仕事をしているのか、改めて聞いてみることにした。

「小説やコミックを映像化する流れで説明すると、まずは本屋で本を探すかな。もちろん、TSUTAYAのランキングとかも参考にするけど、あくまで参考程度。自分の目で実際に見て、映像化したら面白くなりそうなものを探してる」

書店に行くというアナログな方法で原作を探していることに、「本屋で探すんですね」とワタナベ氏も驚いていた。

「東京駅近くの某書店に行くと、映像業界の人間がカゴに本を詰め込んでレジに並んでますよ。見つけてきた本を読んで、『これぞ！』というものは急いで出版社に電話して、映像化の話が他社から来てないか聞くんです。来てないのなら急いで企画書を作って、出版社のライツ部門（小説や漫画といったコンテンツの二次利用を取り扱う部門）に提案します」

「ちなみに、その時点でどれくらい企画を練るものなんですか？」

私の質問に、浅野さんは「そうだなあ……」と顎に手をやった。

「実写化なら、イメージキャストや、監督といったスタッフまで大まかに決めることが多いかなあ。最初の提案の段階で、《出口》までは考えるようにしてるの。連続ドラマなのか、映画なのか。ドラマもどんな時間帯に放送するドラマなのか、映画はどれくらいの規模で上映するものなのか、とか」

「序盤から結構具体的に決めちゃうんですね」

「もちろん、その通りにはならないこともあるんだけどね。ただ、出版社も映像化でコンテンツを大きく広げたいと思っているから、《出口》が大きい方が喜ばれるの。深夜ドラマよりゴールデンタイムのドラマの方が、当然観る人は多いから」

「その方が原作の本も売れるでしょうからね」

ワタナベ氏もうんうんと頷く。

「人気の作品になるとコンペになることもあるけど、コンペの企画を立てるときも基本の考え方は一緒かな。企画が通れば、独占契約を結んで脚本を作っていくの」

「この間、電車の中で浅野さんは『映像化の企画で実現するものはほんの一握り』とおっしゃってましたけど、何が原因で企画が頓挫するんですか？」

「脚本が上手く行かなかった……こちらが思い描いていたような脚本にならなかったとか、できあがった脚本が原作サイドにＯＫしてもらえなかった、ってことも多いけど、一番はお金が集まらないパターンかな。脚本が上手く作れて、お金が上手く集まって、やっと映画やドラマになるの。それでも転《こ》けちゃったりするんだから、怖いよねえ……」

「そのへんは本と一緒ですね」

どれだけの熱量を込めたとしても、多くの人の努力があったとしても、長い時間を費やして作ったものだとしても、現実はそれをいとも容易《たやす》く踏みにじるのだ。「売り上げ」という誰も逆らえない武器を振り回し、こちらの努力を木っ端微塵にする。

「ちなみに、浅野さんが映像化する作品を選ぶとき、何を基準に選んでるんですか？」

返ってくる答えは、なんとなく、私もワタナベ氏もわかっていた。これまでの取材の経験から考えると、なんとなく予想できた。

「とにかく、本として面白くないとね」

「やっぱり！　知ってたー言われると思いましたー！」

ストレートエッジの三木さん、さわや書店の松本さん、ライトアップの大廣さん。これまでインタビューしてきたお三方がみんな口を揃えて「本が面白いことが大事」「作家の武器は結局文章」と言っていたことを浅野さんに話すと、彼女は「あははははっ！」と声を上げて笑った。

「すごーい。もう結論出てるじゃん。私が言いたいのも結局それだなあ。面白くない本は絶対に映像化されないし、どんな手を使ったって売れるわけないと思うんだよね。《ものが売れる》っていうのは《いいものを誰かに薦めること》で起こる現象だから」

## 映像化のボーダーライン

これまでの取材を振り返ってしみじみとする私とワタナベ氏に、浅野さんはこうも続けた。

「でも、『面白い本』にもいろいろあるから、映像化の企画を立てるときはもう少し自分の中で基準を設けてるかな」

「それ、伺いたいです！」

「まずは、エンタメ性が高いもの。あとは、マニアックなものより、より多くの人が——みんなが楽しめるものであること、かなあ？」

三木さんがインタビュー当時話していた。漫画の市場は小説より大きく、映像化されるとその作品の認知度は跳ね上がると。

大きな世界に行くためには、それだけ多くの人が楽しめる内容であることが求められる。

「ちなみに、小説の映像化をするときに、業界内でよく言われてることがあってね——」

浅野さんは、私の前に手を掲げて、人差し指と中指と薬指の三本を、すっと立てた。

「三十万部！　それが、映像化のボーダーライン」

三十万部かあ……。気がついたら、そんな呻き声を上げていた。

「つまり、三十万部売れていれば企画も通りやすく、お金も集めやすい、と？」

「もちろん、三十万部売れてないと絶対に映像化できない、ってわけじゃないんだけどね」

でも、浅野さんが言いたいことはよくわかる。「この小説を映画化したい」と思った人は、その小説を読んでいるから、何が面白くてどこが素晴らしいのかよくわかっている。しかし、映像は一人では作れない。その本を読んだこともない人々を相手に企画を通したりお金を集めたりするとなると、「この本、面白いんです」だけでは通用しない場面が多々ある。

多くの人を納得させるには、《データ》や《数字》が必要で、その中でも「売り上げ」はわかりやすく、説得力が強い。

「映画を作る場合は、原作・キャスト・監督の三つが重要なの。原作が有名じゃなかったとしても、キャストと監督をビッグネームにお願いできれば企画は通るかもしれない。逆もしかり、だね」

「でも、小説を書いている側からすれば、まず三十万部売れるくらいの面白い本を作って、ボーダーラインにのることを目指さないとですね」

有名監督がメガホンを取ってくれたら、上手いこと企画が通ってくれれば。そんなタラレバを待ち望んでなんて、いられない。

「本もそうだと思うんですけど、映画業界も《メガヒット》と《全然駄目》の両極端になっていて、実はその間がないんだよね。『メガヒットとまでは行かないけど、結構いい感じの興行収入だったね』っていう作品の数が、年々減ってる。ついでに製作予算も一昔前と比べたら三割減！」

そんな話をされたら、小説の映像化は三十万部売れていることがボーダーラインというのも頷ける。三十万部売れた本ということは、三十万人くらいは映画館に観に来てくれるだろうという安心材料でもある。

「メガヒットじゃないけど、転けてもいない。ほどよいヒットが出ないんですよねえ……新書なんて特にそうです」

普段は新書ばかり作っているワタナベ氏も、思い当たることがあるみたいだ。

「新書は、ドカンと売れるやつは凄い部数出るんですけど、そうじゃない本が圧倒的に多いですから」

「小説も、一つヒット作が出たら周囲は死屍累々ですよ。初版三千部で重版なしとか」

抱えている問題は、作っているものは違えど、みんな一緒みたいだ。

**失敗したくない。だから提案されたい**

浅野さんは、こんな話もしてくれた。

「小説もそうだし、漫画もそうだし、映画とかドラマもそうだと思うんだけど、受け取る側って『提案されたい』って考えてると思うの。昔と違って今は娯楽に困らないくらいものがあふれてて、何を探せばいいかわからなくなってる。失敗したくないから、確実に自分が楽しめるものを誰かにオススメしてほしい、っていう人が多いと思うんだよね」

そういう人達に向けて、《電車の行き先表示》としてライトノベルというジャンルを育て上げたのが、三木さん。

そういう人達に向けて、《読書の最前線にいる者》として本を売ろうとしているのが、松本さん。

大廣さん……大廣さん……は、また別枠ということで……。そういう人達へ向けて本を売るために足掻く私達に、知恵と発見をくれる人なのだ、大廣さんは。

「映像化も難しくてね。私は結構漫画や小説原作の映像作品に携わってるから、尚更思い知ったんだけど、映像化しても原作の本が絶対売れるってわけでもないんだよね。特に最近はそう。ちょっとやそっとじゃ本は売れない。やっぱり本が売れるのは書店だから、まずは店頭でコツコツ丁寧に売る努力をしていくことが大事だと思う」

腕を組んで、わずかに肩を竦《すく》めた浅野さんは「難しいけどねえ……」と呟いた。私とワタナベ氏も、自然と頷く。店頭でコツコツ売れるように努力する。本を作る人がみんなやろうとしていることで、そのためにさまざまな試みをして、なかなか結果が出なくてやきもきしている。みんなが「こうしないと駄目なんだ」とわかっていることに限って、実行するのも、結果を出すのも難しかったりする。

「結局、自分が面白いと思ったものを、丁寧に伝えていく努力をするしかないんだよね。今まで額賀さんが取材してきた人達と同じまとめ方になっちゃうけどさ」

「いえ、むしろそれでいいんだと思います」

四人も取材をしてきて（しかも職種も業界も異なる人に）、みんなが同じことを言うということは、それはもう真実なのだと思う。「でも〜」とか「だって〜」なんて言ってないで、まずは大人しく潔く、面白いものを作れということなのだ。

「うーん、でもせっかくだから、『面白いものを作れ』以外のアドバイスをしたいなあ」

うーん……どうしよ。顎に手をやってしばらく悩んだ浅野さんだったが、少しして「あっ！」と声を上げた。私とワタナベ氏の顔を交互に見て、こう言った。

「カバーだね！」

浅野さんの口から飛び出してきた意外な単語に、私とワタナベ氏は「カバーですか？」

と身を乗り出した。

「このご時世、単行本で三十万部売り上げるなんて至難の業だし、何か作り手が前向きに取り組めることで、映像化に繋がることがないかなって考えたんだけど」

「それが、カバーなんですか？」

「そうそう。書店で原作になりそうな本を探してるときって、もちろんあらすじとか冒頭の内容を確認してから買ってるけど、手に取るのはカバーに惹かれたときだもん。あまりにカバーが素敵だと、それだけで買っちゃうこともあるし。それって、映像業界の人間だけじゃなくて、一般のお客さんだってそうだと思うしね」

カバー、大事だよ！　カバー！　浅野さんはそう繰り返した。

「実はＣＣＣの出版事業部で、面白いのに売れなかった本のカバーとか帯を、別のものに替えてもう一度売るっていう取り組みをやってるんだけど、カバーが新しくなるだけで売れる本はたくさんあるの。いい本書いて、いいカバーをつける！　これが私からのアドバイス！」

意外なアドバイスに私とワタナベ氏は目を丸くしながら、浅野さんへの取材を終えた。

「頑張ってねー！　いつか映像化しよう！」

そんなエールをもらって、私達はＣＣＣ本社をあとにした。

## 作家はカバーデザインにこだわるべきか

「額賀さんは、装画や装幀にこだわる人ですか？」

寒空の下、渋谷駅に向かって歩きながら、ワタナベ氏は聞いてきた。クリスマスイブまであと三日。平日とはいえ、渋谷の街は浮かれきっていた。店という店がクリスマスカラーで、ツリーやサンタが飾られていて、至るところが電飾でぴかぴかしている。

「装画や装幀は重視してますし、見るのも凄く好きだし、自分の本の装画が上がってきたときはめちゃくちゃテンション上がります。でも、ほとんど口を出さないですね」

「じゃあ、今までの本も基本は編集にお任せ？」

「そうですね。イラストレーターさんの候補を見せてもらって『この人とこの人がいいかなあ、あとは担当とデザイナーさんに任せますわー』って感じです。ラフにも口出さないし。修正のお願いもほとんどしないですね。本編の内容と相違があるときくらいです」

でも。

「浅野さんの話を聞いて、今後どうするべきかなあと悩んでいたところです」

「とりあえず『拝啓、本が売れません』では積極的に関わってください」

もうすぐクリスマス。年が明ければ、二月には私は新刊を出す。六月にはさわや書店の松本さんへの取材で話題に挙がった『さよならクリームソーダ』が文庫化。その前後で恐らく文藝春秋から書き下ろしの長編が出る。

夏までに文庫化含めて四冊。下半期は、来年は、再来年は……何冊出せるだろう。

「本の内容を一番わかっているのは作者なわけですから、装幀も作者のイメージに沿った方がいい、とも思います。でも一方で、作者のイメージを具現化しても、それが売れる装幀ではない、ということも有り得ますよね」

「まあね。作品としては素晴らしくても、商品としては……ということもあるし」

「書店の棚が戦場だとしたら、カバーって最初の一撃なんですよね。ベストセラー作家なら名前とか、何かの受賞作なら『○○賞受賞』って入った帯が武器になるんでしょうけど。やはりカバーが強いに越したことはないです」

買うつもりもなかったし、知りもしなかった作家の本を「カバーが素敵」という理由で買うことは、確かにある。

「……でも、売れるカバーって何なんでしょうね？」

どこかから聞こえてきたクリスマスソングに紛れるように、ワタナベ氏がぽつりと言った。売れるカバー。さらっと言ってはみたが、どういうものかと問われると、答えに困る。

「絵が綺麗とか？」

とりあえず、思いついたことを言ってみた。

「イラストの好みって人それぞれだし、万人受けする絵がいいってことでしょうか？」

「色使いが派手とか？」

「棚で目立ちはするだろうけどなあ……派手ならいいってものでもないでしょう」

うんうん悩みながら、私達は本屋に吸い込まれていった。なんとなく気になった本を手に取ってあれこれ話して、でも肝心の「売れるカバーとはどういうカバーか？」の答えには辿り着けなかった。

店内をうろうろしていたら、雑誌コーナーに辿り着いた。

そして、見つけた。

月刊ＭｄＮ二〇一七年十二月号

「恋するブックカバーのつくり手、川谷康久《かわたにやすひさ》の特集」

「これこれこれ！　こういうの、こういうの！」

一冊だけ棚に残っていた月刊ＭｄＮを抱えて、私達はレジへ走った。

次の取材先が決まった。

「この忙しい年の瀬に、取材受けてくれるかなあ。上手いデザイナーさんこそ、年末は忙しいですよねえ……」

心配するワタナベ氏を余所《よそ》に、雑誌を捲りながら私は再び渋谷駅へ向かって歩き出した。

# 第六章

# 「恋するブックカバーのつくり手」と、楽しい仕事

「初週で重版がかかったんですよ！」

一冊のコミックを私達に見せたその人は、心の底から嬉しいという顔をしていた。

「久々に一から十まで装幀を手がけた本が、発売してすぐに重版がかかって、もうっ、超嬉しいんです！」

年の瀬も年の瀬。作家も編集者もデザイナーもイラストレーターも校閲者も印刷会社も、本作りに携わる人なら誰だって忙しい十二月の終わりに、私とワタナベ氏は神保町のとあるデザイン事務所にいた。

月刊ＭｄＮ二〇一七年十二月号で、「恋するブックカバーのつくり手」と評されるその人は、自らが携わった本に重版がかかったことを、まるで作者本人のように喜んでいた。

## 川谷康久さんというデザイナー

ＣＣＣ映像企画部の浅野由香さんに「いいカバーを作るのだ！」と指南された私とワタナベ氏が、偶然出会ったデザイナーの川谷康久《かわたにやすひさ》氏。月刊ＭｄＮに大々的に特集されるだけあって、手がけた作品の一覧を見れば「あ、これ持ってる」「これ読んだ！」「これ昨日本屋で見た」というものばかりである。

川谷さんは、少女漫画の装幀や、主に漫画雑誌の表紙デザインを行っているデザイナーだ。集英社の「マーガレットコミックス」や白泉社の「花とゆめコミックス」のフォーマットデザインを手がけ、『君に届け』『青空エール』『俺物語‼』『アオハライド』(ともに集英社/マーガレットコミックス)といった大ヒットコミックのカバーをデザインした。『アオハライド』に至っては、タイトルロゴに川谷さんの手書き文字が使われている。

このように紹介すると完全に「コミック専門のデザイナー」という印象だが、実は川谷さんは文芸作品の装幀も数多く担当している。

その代表格が「新潮文庫ｎｅｘ」だ。

## 新潮文庫nex

新潮文庫ｎｅｘの説明が必要になってしまったので、手短に。

新潮文庫ｎｅｘは知らなくても、新潮文庫は皆さんご存じのはず。その新潮文庫が二〇一四年に百周年を迎えた際、「文学の新たな入り口」として創刊されたのが新潮文庫ｎｅｘだ。創刊当時、越島はぐさんが描いた『いなくなれ、群青』(著・河野裕さん)の装画を大々的に使ってＰＲが行われたのを、覚えている人も多いのではないだろうか。

この新潮文庫ｎｅｘのフォーマットデザインを担当したのが、川谷さんなのだ。

しかも川谷さんは、新潮文庫nexから刊行される本の装幀も数多く手がけている。河野裕さんの『いなくなれ、群青』から始まる『階段島』シリーズもそうだし、知念実希人さんの『天久鷹央の推理カルテ』シリーズもそうだ。

ちなみに、この原稿を書くに当たって、新潮文庫nexの創刊を伝える「新潮文庫メール」のアーカイブスを確認してみたら、こんなことが書いてあった。

『書き下ろし、オリジナルの文庫が増え、市場動向が激変する中、文庫読者にとって、今いちばん「面白い」小説とは何か。「キャラクター」が、新潮文庫の答えです。現実ではありえないような個性と、言動と、振る舞いで、読者を「あっ」と驚かせる物語の主人公たち。それが、いま最も強く、読者を物語に惹きこむ「キャラクター」であると、新潮文庫は考えました』

「面白い小説」＝「キャラクター」と、はっきり書かれていた。現実ではありえないような個性と、言動と、振る舞い……頭の片隅で三木一馬さんが手を振っている。「額賀さーん、キャラが弱いですよ！」と。ついでに松本さんも出てきて『さよならクリームソーダ』の修正どうすんのー？」と聞いてくる。ついでに大廣さんも出てきて「ブログちゃんと更新してますー？」と聞いてくる。

＊＊＊

ここまでデザイナー・川谷康久さんの紹介をして来たが、実力のあるクリエイターというのは常に忙しいものだ。年末なんて特に。飛び込み同然の取材を、果たして受けてもらえるのか。「無理だよー、絶対無理だよー」というワタナベ氏が駄目元で取材依頼を出してみたところ、なんとＯＫが出た。

二〇一八年が刻々と迫る神保町の街を、私とワタナベ氏は走った。

**デザイナーだって、重版が嬉しい**

「《売れるカバー》って、どんなカバーだと思いますか?」

年の瀬の忙しいときに取材にやってきた私達にそう聞かれても、川谷さんは嫌な顔一つしなかった。この時季のクリエイターというのは疲弊してボロ雑巾のようになっていることも多いというのに、「売れるカバーねえ」とニコニコと答えてくれた。

私達が川谷さんを知るきっかけとなった月刊ＭｄＮのインタビューで、川谷さんはこのような話をしていた。

優れたブックカバーデザインには、三つの大事なポイントがある。
①作品の本質を表していること
②デザインコンセプトが一貫していること
③売れること

三つ目の「売れること」という言葉に、私は目を惹かれた。優れたブックカバーには、「売れること」が求められる。川谷さんに、ぜひインタビューをしたくなった。《売れるカバー》とは一体何なのか、どんなカバーなのか聞いてみたかった。

「《売れる》っていうのは、『こうすれば絶対に売れる』っていうやり方を僕が持っているわけじゃなくて、装幀をする者の制約として、自分に課しているんです。『○○をすれば確実に売れるブックカバーになる』っていう秘訣があるなら、僕も教えてほしいな」

「そもそもの話になるんですけど、デザイナーさんも担当した本の売り上げを気にするものなんですか？」

作家が自分の本の売り上げを気にするのは当然だ。売り上げが次の本が出せるかどうかに直結するし、それが一年後に家賃が払えるか、食費が賄えるか、借金をせずに済むか、病気になったとき潔く病院に行けるか、という問題に関わってくる。

「装幀や装画は、売れなかったとしても《いいデザイン》や《いいイラスト》には違いないんですから、ぶっちゃけそこまで気にしなくても、と思ったりするんですけど……」

この第六章に至るまで、さまざまな人に取材をしてきた。みんな口を揃えて「まず作品で勝負しろ」と言った。本が売れる・売れない問題の根本は結局、小説家が如何《いか》に面白い作品を書くかにかかっているのだから。もし、装幀や装画に関わる人が「自分のせいで売れなかった……」なんて考えているとしたら非常に心苦しい。「あなた達は何も悪くない。すべて私の不徳の致すところです」と謝罪して回りたい。

それに、装幀や装画について好き・嫌い、いい・悪いの判断をするときに、その本の売り上げを気にすることなんてない。大ヒットした本の装幀や装画をイマイチだなと思うこともあれば、売り上げは全然だけれど凄くいいカバーの本を見つけた、ということだって何度もある。

「うーん、確かに、ポートフォリオ（クリエイターが自分の実績を伝えるための作品集）として考えるならそれでもいいかもしれないけど、デザイナーは本の顔を作っているわけだから。どれだけ書店の棚で目立つものを作れたか、どれだけ手に取りたいと思えるものを作れたか——要するに《売れたか》ということと、しっかり向き合わないといけないなって思うんですよね」

「じゃあ、装幀を担当した本の発売直後は、結構そわそわするものですか？」

「そりゃあもう！　『初週の売り上げどうだったのかなあ？』って不安で不安で」

本の売り上げは、発売したその週にどれだけ売れたかが重要だ。もちろん、発売から時間がたってから、何らかの理由で売れる本もある。新聞で書評が取り上げられたとか、テレビで紹介されたとか。

しかし、第四章のライトアップの大廣さんの取材で出てきたように、出版社の販促活動で優先されるのは基本的に新刊だ。本は《新刊》として扱ってもらえるうちに結果を出さないといけない。

発売初週の売れ行きを初速というが、初速がよければ書店では平積みしてもらえる。売り場を大きくしてもらえる。POPを書いてもらえる。出版社も積極的に宣伝をしてくれる。

それは、みんな大好きな「重版」に直結する。発売初週に重版出来なんてことになったら、作者も編集者も大喜びだ。

「本の売り上げって、大体発売から三日でなんとなーく予想できちゃいますからね」

溜め息混じりに、そんな恐ろしいことをワタナベ氏が言う。

「担当した本が発売になって、三日後くらいに売り上げのデータを確認すると、その本が一ヶ月後にどれくらい売れてるか、経験則でなんとなく予想できるんですよ。もちろん、突然テレビに取り上げられたとか、幸運な出来事が発生すれば別ですけど、そういうことがなければ基本的に予想通りの数字が出ておしまいですね」

なんだかんだで、本は初週の売れ行きが重要なのだ。本当に、本当に。

「まあ、そんなわけで、僕はもの凄く自分が装幀を担当した本の売り上げを気にします。あ、そうそう、聞いてくださいよ！」

川谷さんはそう言って、オフィスの本棚に駆け寄っていった。川谷デザインの事務所は、書店のように大量の本棚が列をなしていた。棚を埋めているのは、ほとんど少女漫画。ああ、あれもこれも知ってる……あれは高校生の頃読んでたなあ、としみじみしてしまうタイトルばかりだ。

「この本なんですけど」

川谷さんが取って来たのは、一冊のコミックだった。

『さめない街の喫茶店』（はしゃ／イースト・プレス）

漫画なので、もちろんカバーに使われているのは作者のはしゃさんのイラストだ。中身を覗いて驚いた。繊細で可愛らしいタッチなのに、絵の情報量が多くて一コマ一コマに引き込まれる。カバーにも本編にも手触りの感じられる紙が使われていて、しかもインクは黒ではなく少し緑色がかっている。一冊のイラスト集でも見ている気分だった。

「この本、僕が装幀を担当して、先日発売になったばかりなんですけど、初週で重版がかかったんですよ！」

胸の前でガッツポーズをして、心底嬉しいという顔で川谷さんは言った。本当に、本当に嬉しそうだった。

「久々に一から十まで装幀を手がけた本が、発売してすぐに重版がかかって、もうっ、超嬉しいんです！」

デザイナーも、重版が嬉しい。

いいことを知ったと思うのと同時に、本が売れなかったら悲しむ人が、ここにもまた一人いるんだなと、胸の奥がぐりぐりと痛くなる。

## 予定調和から、外れろ

「それでは、装幀を担当するときに、川谷さんはどういうことに気をつけているんですか？」

「さっきも言ったけど、まずは書店の棚で目立つカバーであること。これが大事かな」

目立つ。その一言に力を込めながら、川谷さんは大きく首を縦に振った。話を聞く私達の中に刻み込むみたいに、何度も何度も。

「次に、見た人の感情を揺さぶったり、何らかの感情を思い起こさせるような、そんなカバーであること。それだけで本が売れる・売れないが決まるわけじゃないけど、そこからあらすじを確認したり、ページを捲ってみたりという行為に繋がるはずだから。そうすれば、その人は作品を見てくれる。それが面白い作品なら、買ってくれる。そのためにやっていることっていうと——やっぱり、見る人の予想を少し裏切ることかな」

爪痕をつけるというか、仕掛けを施すというか……。

　言葉を換えながら、川谷さんはそう続けた。

「固定観念が強過ぎると、何でも予定調和なものになっちゃうんだ。少女漫画だからこうだとか、文芸書だからこうじゃないとか、文庫なんだからこうしないと駄目だとか」

「作ってる方が勝手に自分で自分を縛っちゃってたりしますよね」

「そうそう！　そうなんだよ。そうなっちゃうとつまんないよね！」

　装幀をするデザイナーも、本文を書く小説家も、編集者も、経験を積めば積むほど、否《いや》応《おう》なく固定観念に縛られていく。ときどき自分でそれを食い破る努力をしないと、いつまでもそこから抜け出せない。

「もちろん、それぞれのジャンルと相性がいい表現、馴染む表現、相応《ふさわ》しい表現というものもある。でもそれでギチギチに凝り固まっちゃうのはよくないよね。結局それは、デザインの萎縮に繋がるんだ」

　私も一応、かつて広告の世界で編集者をしていたから、川谷さんの言う「デザインの萎縮」というのは、痛いほどわかる。「どうせ採用されないから」「どうせこういうデザインのものしか顧客は求めないんだから」と、徐々に似たようなものばかり作るようになっていくのだ。

「制約が新しい制約を生んで、負のループに入ってしまうと、段々ものを作るのがつまらなくなってくるんだ。漫画とか小説とかデザインとか、楽しい楽しいモノづくりの世界にいるんだから、もっと楽しくいろいろ挑戦しましょうよ！ っていうのが僕が仕事をする上で大事にしていることだな」

そうだ、そうだー！ と同意する私とワタナベ氏に、川谷さんも「楽しく仕事したーい」と続く。

小説を書き続けてきたのは、やっぱり書くのが楽しいから。絵を描いている人も、デザインをする人も、本を編集する人も、スタートにはきっと「楽しい」があったはずだ。それが仕事になると「仕事なんだから楽しい・楽しくないなんて言ってられないでしょ」なんて誰かから言われたり、自分で言葉にするようになってしまう。

でもやっぱり、仕事は楽しい方がいい。楽しくした方が、絶対にいい。

### 新潮文庫ｎｅｘのフォーマットデザインはこうして生まれた

「新潮社から新しく作る『新潮文庫ｎｅｘ』のフォーマットデザインを作ってくれって依頼があったときは、『どうして僕に依頼するんだろうなあ？』って疑問に思いました」

「私も当時はデビュー前でしたけど、新潮社には立派な装幀室があるのに、外部のデザイナーに依頼するなんて意外だな、と正直思ったんです」

新潮社装幀室といったら、これだけで一つのブランドのようなものである。新潮社の刊行する本のデザインをほぼすべて担当している。

そんな新潮社装幀室ではなく、どうして川谷さんが新潮文庫ｎｅｘのフォーマットデザインに携わることになったのか？

「新潮文庫ｎｅｘのフォーマットデザインができあがるまでには、新潮社装幀室にもとてもお世話になったんですよ。いろいろ意見を伺いましたね。『僕は何を求められてるんだろう？』って思いながら打ち合わせをやったんですけど、その中で『今までの文庫とは違うものをこの人達は求めてるんだ』とわかったんです」

それは、新潮文庫ｎｅｘ創刊時の「新潮文庫メール」からも伝わってくる。一つの文庫レーベルが立ち上がる過程で、いろんな人が業界や会社の未来を考えて、悩んで決断をした。そのプロセスが、取材を通してどんどん見えてくる。

「だから、『ずっと漫画の世界にいた自分に何ができるか。何をするか』と考えながらデザインに取りかかりました。新しいものを求めてるならとことんやってやろうと思って、いろいろ意見を言わせてもらいました」

「例えば例えば？」

「僕、長らく『文庫本のカバーって何でこんなにイマイチな色なんだろう』って思ってたんです」

「確かにそう言われると、漫画とかラノベに比べて、色が大人しいんですよね、文庫って。色使いどうこうじゃなくって、色そのものが地味というか」

もしかしたら、歴史ある文庫レーベルになればなるほど、読者はそこに「安心感」とか「落ち着いた雰囲気」を求めるのかもしれない。必然的に読者の年齢層も高くなるだろう。そういったものが、文庫本のカバーの色にまで出ているのだろうか。

「新潮文庫nexでは、キャラクターのイラストをカバーに使用することを考えて、CMYK（カラー印刷に使われる基本の四色。シアン、マゼンタ、イエロー、キープレート＝ブラック）に蛍光ピンクを加えた五色印刷にしてほしいとお願いしました」

「ああ、だから新潮文庫nexのカバーって、人物の肌色が綺麗なんですね！」

「そうなんです！　蛍光ピンクを入れるだけでイラストが鮮やかになるんですよー。せっかくイラストレーターさんが描いてくれた装画なんだから、綺麗に印刷してあげたいじゃないですか」

イメージがつかないという人は、ぜひ書店で新潮文庫nexを探してみてほしい。新潮文庫の隣に並べられているはずだから、比べてみるとその違いがよくわかると思う。

「他にもいろいろありましたけどね。『帯の掛かる部分に文字を置かない』とか『文庫だから文字サイズはこうじゃないと』とか、そういう制約を一つ一つぶち破らせていただきました」

笑いながらそう言う川谷さんに、確かにそうだなあ、と思う。もし帯付きの小説が手元にある人は、ぜひその帯を捲ってみてほしい。本のカバーは、帯が掛かることを前提に作っている。「帯が掛かるからここには文字を置かないで」ということが多いし、イラストも帯の下に重要な要素を描き込まないようにしていたりする。

それは多分、これまで長い時間を掛けて作りあげられてきた《形》なのだ。本を作る上で、本を読む上で、ストレスがないと判断されてきた《形》だ。

そんな《安心できる形》は、新しいものに挑戦しようというときに固定観念に姿を変える。

## 売れたものに追随することに、世間は飽きている

川谷さんの作るブックカバーは不思議だ。

装幀というのは、まず装画があって、その上に本のタイトルと著者名と出版社の名前を《載せる》作業を想像する。

しかし、川谷さんは、タイトルや著者名といった文字情報を装画の中に埋め込んだかのような、不思議な作り方をする。装画に文字が載っかっているのではなくて、装画の

世界に文字情報が紛れ込んでいる。絡み合っている。絵とその世界観を活かすことに川谷さんが重きを置いているのが、見ているだけで伝わってくる。

絵と文字に奥行きが感じられるダイナミックなレイアウトからは、「タイトルが切れていようと読みにくかろうと知ったこっちゃない！」という痛快さまで感じる。確かにこれは文芸の世界にはなかった切り口で、だからこそ文芸の棚に川谷さんの装幀が並ぶと目を惹く。

「あ、でも、僕は自分がデザインした本のタイトルを『読みにくい』とは思ってないんですよ」

「え、そうなんですか？」

私だけでなく、ワタナベ氏も意外そうに目を丸くした。

「米代恭さんの『あげくの果てのカノン』（小学館／ビッグコミックス）とか、初見で全然読めなかったですよ！」

川谷さんがデザインしたコミック、『あげくの果てのカノン』のカバーは、なかなか凄いので是非見ていただきたい。「あげくの果ての」が縦書きで、「カノン」が横書きで、しかもクロスしていて、文字サイズも書体も異なっていて、初めて書店で見かけたときは「お？　……おっ？　おおっ！」と声を上げながら手に取ってしまった。

「自分では凄く読みやすいと思ってるんだけどなあ」

ニコニコとそう語る川谷さんは、嘘や冗談を言っているようには見えなかった。

「『いなくなれ、群青』も、初見じゃあ読めなかったんですけど……」

「実際、よく『もっと読みやすく』って赤字が入るんで、『他人はこれを読みにくいって考えるんだなあ』って勉強になります」

「マジっすか」

「それに、僕も読みにくくしてやろうと思ってああいうデザインにしているんじゃなくて、カバーに空間的な広がりをつけたいなって思ってやってるんです。平らな紙の上で奥行きが感じられたり、紙には印刷されない部分にまでイラストの世界が広がっているように、見る人に感じてもらいたいの」

『あげくの果てのカノン』のカバー。
©米代恭／小学館

そう言って、川谷さんは自身が手がけた本の装幀をたくさん見せてくれた。どれも書店で見かけたことのあるものばかりだ。読んでないけど、カバーは覚えているものも多い。事実、私はワタナベ氏と「これ知ってる！」「僕もこれは本屋で見かけました」なんてやりとりをしながらそれらを眺めた。

そんな私達に、川谷さんはこんな話をしてくれた。

「嬉しいことに、こういったデザインを僕の得意技として多くの人が評価してくれてるんですけど、今って、一つの得意技や個性でずっと勝ち続けていけるような世の中じゃないんですよね。ある手法が当たればみんながそれに追随して、《珍しくて画期的だったもの》はあっという間に《当たり前のもの》になるから」

かつて、プルーフは画期的な販促ツールだった。だからみんながプルーフを作るようになった。川谷さんの言葉は、松本さんの話に通ずるものがあった。

「川谷さんのデザインは書店で目を惹きます。だからこそ最近、川谷さんを意識したのかな？　っていう装幀を書店で見かけることが多くなりました。今後もっと増えていくんじゃないかと私は思っているんですけど、川谷さんはこれからどうしていくんですか？」

「そのときは、また違うことをやると思いますよ。僕の得意技は、僕にしかできないわけじゃない。当たったら真似されるに決まってます。でもきっと、作り手も読者もそういうものに嫌気が差してるんじゃないかな。何かが当たって、それに追随したり真似したもので世の中があふれ返っていくことに、絶対に飽きてますよ。本屋に行ったら似たようなデザインの本で棚があふれ返ってるの、嫌じゃないですか」

そう言う川谷さんに「そうですよね」と相槌を打とうとして、頭の中で声がした。本当にした。私はよく自分の小説の中でこんなシーンを書く。主人公の頭の中で声がするシーン。それは自分の声で、自分の声が自分へ問いかけてくるのだ。それが、私自身に降りかかった瞬間だった。

あんたはどうなんだ。
あんたは売れるものが書きたいの？
それとも、自分が書いた本を《売れる本》にしたいの？

「型に嵌《は》めたくないなって思ってやってきたことが新しい《型》になっちゃったっていうなら、それを吹っ飛ばしてもっと楽しいやり方を見つけますよ。突飛なことをするんじゃなくて、『何が売れるのか』と問いかけ続けることが大事だと思うんで。こうすればどんな本も絶対に売れる、っていう正解はなくて、一つ一つの作品に合った方法があるはずですから」

「売れたい」という気持ちは、こんなご時世に作家になった人間は絶対に持っていないといけない感情だ。でも《売れたい》という気持ちは、ときどき持ち主の両目を被《おお》って、視野を狭くしたり、時には視界を奪ってしまうこともある。
《売れるカバー》って何だろう？　それを聞くためにやって来た取材だったけれど、川谷さんからもっと大事なことを教えられた気がした。

事務所をあとにする私とワタナベ氏に、川谷さんは最後にこう言った。

「僕はね、この業界が大好き。だから、みんなが楽しく仕事をして、ご飯を食べていける世界であってほしいんです」

なので、みんなで頑張りましょうね！

再び胸の前でガッツポーズをして、川谷さんは私達に手を振った。私達二人がもらうだけではもったいない気がして、絶対に今の言葉は原稿に書こうと思って、すぐにノートに書き込んだ。

「この原稿、どう書いても川谷さんの好感度、爆上がりです。書けば書くほど菩薩《ぼさつ》みたいな感じに……」

エレベーターの中でワタナベ氏に言うと、何故か肩を竦められた。

「ここまでの取材と額賀さんが書いた原稿を読む限り、この本で好感度が下がるのは額賀さんと僕だけだと思います。皆さん、実際にいい方々ばっかりでしたし、それぞれの業界のことをしっかり考えていて、いい話を聞かせてもらえたし」

「え、我々の好感度下がってます？」

「下がってるでしょー、どう考えても。この本、額賀ファンは読んじゃ駄目だと思いますよ？　爽やかな青春小説書いてる人が売れっ子作家に『腹下せ』とか言ってるし」

「そんなあ……」

## 青い鳥を探して

神保町から水道橋駅方面に向かって歩き出した私達の横を、サラリーマンの団体が追い越していく。何度も何度も。二〇一七年もあと数日しか残っておらず、世間は絶賛忘年会シーズンだ。通り過ぎる居酒屋という居酒屋は団体客で埋まっていて、それに釣られるようにして私達も水道橋駅前の居酒屋に入った。大学生の忘年会でほぼ貸し切り状態で、私達は隅っこのテーブルでささやかな忘年会をした。

「正直、《売れるカバー》がどういうカバーなのかわかるとは、そもそも思ってなかったというか、あるならとっくにみんなやってるだろって思ってたのですが、それ以上にいろいろと勉強になった取材でした」

帰ってからすぐに原稿を書きたいから、アルコールは頼まなかった。私は烏龍茶を、ワタナベ氏は痛風なのに勇猛果敢にビールを飲む。

「僕達は『本を売る方法』を求めていろんな人に取材してきましたけれど、わかったことは『まずは面白い本を作れ』ということですからね。青い鳥を探すチルチルとミチル状態ですよ」

「ずっと持ってた鳥かごの中に青い鳥いたじゃん！　って展開ですね」

確かに、そうだ。

この長い取材の中で私が得た一番大きなものは、「面白い小説を書け」ということだった。青い鳥だとワタナベ氏は言ったけれど、多分私も彼も、なんとなく取材を始める前からこういう結果になることを予想していた気がする。むしろ、それを確かめるための長い長い旅だったのかもしれない。

もちろん、私が学んだのは「面白い小説を書け」ということだけではない。

本を届けるべきは誰なのかを考え、届ける努力をするべきだということとか。

作品を少しでも面白くするためのチャンスを逃すなとか。

作家の武器は結局文章だけど、小説以外の場所でそれを活かすための知識や技術を身につけろとか。

自分の思う《いい》とか《面白い》を信じて、丁寧に根気強くやっていけとか。

それぞれの業界で必死に仕事をしている人達が、私の「本を売りたい」という気持ちに対して、アドバイスをしてくれた。

何より、今日の取材でやっとわかった。

私は《売れる本》が書きたいんじゃない。自分が「面白い！」と思った本を、売りたいんだ。書店の棚で目一杯大きく展開してもらって、いろんな人に読んでもらいたいんだ。自分の本を、そういう本にしたいんだ。そんな気持ちが、自分の中ではっきりと形を持った。

それはとても大きな成果で、仮にワタナベ氏がこのあと「すみません、この本、『こんなの売れるわけねえだろ』ってことで発売中止になりました」と言ってきたとしても、私の中に大切に残っていく。一、二発、ワタナベ氏にビンタはするだろうけれど。

# 終章

# 旅の末に辿り着いた場所

## 小説が生まれた日

二〇一七年十二月二十五日。街中にあふれていたクリスマスツリーやリースやきらきらの電飾も、あと数時間で片付けられてしまう。クリスマスソングももうすぐ聞こえなくなって、日本はお正月の準備に入る。

そんなとき、一本の長編小説が完成した。

書き終わった瞬間にノートパソコンの画面が涙で霞んで見えなくなった。

「終わった……できた……」

近くで作業していた黒子ちゃんが「ああ、おめでとうございます」なんて素っ気なく言ってくる。大きく息を吸って、手の甲で目元を擦《こす》って、もう一度画面を見た。ちゃんと書き終わっていた。長い長い物語が完成していた。

ここ数日、碌《ろく》に寝ていなかった。クリスマス前にワタナベ氏と取材へ行って、帰ってきてからずっとこの小説を書いていた。書き終わらないと寝られないというか、書き終わるまで体が寝ることを拒否しているようだった。

寝られないのだ。小説が完成間近になると、体が休むことを許さない。

「『ジングルベル』が聞こえているうちに送ってこいって言われてるんですから、さっさとメールで送ったらどうですか？」

普段だったら、黒子ちゃんに言われた通りにした。メールを書いて、担当編集に原稿を送る。いつもなら、そうした。

でもその日は何だか、すぐにそうできなかったのだ。疲れて放心しているわけでもなく、達成感に満ち足りているわけでもない。強いて言うなら、走って走って、全力で走って、ゴールテープを切って、勢いがつきすぎて足が止まらない。立ち止まることができない。そんな感じだった。

「終わった……書き終わった……終わってしまった」

六畳間を行ったり来たりする私を、黒子ちゃんは白い目で見てくる。

「動き回りたいなら外でやってください。その方が頭冷えるでしょ」

「わかった」

部屋着の上からコートを羽織り、マフラーを巻き、財布をポケットに突っ込む。

「あ、ついでにコンビニで雪見だいふく買って来てください」

そう言う黒子ちゃんに送り出されて、私はクリスマスが終わろうとしている夜の街に飛び出した。箱根駅伝の予選会を観に行くときに履いたスニーカーは軽く、足首が冬の冷たい風に痛かった。

雪見だいふくを買って来いと言われたから、コンビニに向かって歩くことにする。手袋もしてくればよかった。十二月二十五日の深夜の屋外は、底冷えがして寒い。コートのポケットに両手を入れてしばらく歩いていたけれど、歩いているうちに、自然と歩調が速くなってしまう。一度スキップをしてみて、それでも足りなくて、結局走ることになる。

ポケットから両手を出して、腕を前後に振って、とりあえずゴミ捨て場のある角まで走ってみた。ゴミ捨て場まで来て、頭上にあった街灯に向かって「はーっはっはっ！」と笑ってみた。歌でも歌いたい気分だった。

「いいもん書けたぞー」

そして次は、クリーニング屋のある角まで走った。その次は整骨院のある角まで走った。走っているうちにコンビニまで来てしまって、私は雪見だいふくを買って、棚の隅で売れ残っていた小さなクリスマスケーキを一つ買って、来た道を、真っ直ぐ黒子ちゃんと、書き上げたばかりの愛しい愛しい小説のいる家に向かって帰った。

いいものが書けたとき、私は走りたくなる。大声を出したくなる。自分の吐いた真っ白な息が夜風に消えていくのを眺めながら、自分がそういう人間だったのだと知った。

今日の私は、自分が書く小説の主人公のようなことばかりをしていた。

## ワタナベ氏が水面下でやっていたこと

私と共に「本を売る方法」を探して旅をしたワタナベ氏だが、実は担当編集として紙面の外でいろいろと動いていた。

『拝啓、本が売れません』が本格始動した際、実はワタナベ氏はこんな野望を語っていた。

「額賀さん、僕達はこれから『本を売る方法』を探して取材の旅に出るわけですが、道中で出会った人々に、取材だけでなく、本を作って売る過程にも力を貸してもらうという作戦を僕は考えています」

「RPGでどんどん仲間を増やしてパーティを作っていくみたいな？」

「そうそう。ラスボスを倒すには強いパーティを作る必要がありますからね！」

得意げに話すワタナベ氏に、恐る恐る聞いた。

「ワタナベ氏、最初の取材って編集者の三木さんですけど、三木さんに本を作る協力をしてもらった場合、編集者であるワタナベ氏の仕事がなくなってしまうのでは……」

「自分は何もしてないのに気がついたら本がいい感じに完成してる！　これ以上いい働き方はないですね！」

「酷《ひど》い編集者だ！」

そしてこの作戦を、ワタナベ氏は本当に実行した。

まず、ライトアップの大廣直也さんから取材時に「ブログをやれ！」と言われ、私は言われた通り自分の公式サイトを立ち上げ、ブログを始めた。ただ作るだけじゃなく、大廣さんから学んだSEO対策を総動員して。おかげで、『拝啓、本が売れません』だけでなく、他の刊行物の情報も早い段階で多くの人に届けられるようになった。投稿しても情報が時間と共に流れていってしまうSNSとは違い、情報を貯め込んでおく場所ができた。「額賀澪」と検索したとき、ちゃんと上位に表示されるようになった。

そしてカルチュア・エンタテインメントの浅野由香さんの「いいカバーを作れ！」という助言を元に、ストレートエッジの三木一馬さんにこの本の編集を——してもらうわけにはいかないので、『拝啓、本が売れません』はどういうカバーを作るべきかというアドバイスをいただいた。

三木さんはこの本の原稿を読んで、

「この本の読者は小説家志望の方、出版業界に関心を持っている学生ならびに、二十〜三十代前半の方が中心になると思います。これだけだと市場が小さ過ぎるので、カバーは逆に広くマス（＝大衆）に向けないといけないいかな」

というアドバイスをくださった。

私とワタナベ氏は紀伊國屋書店新宿本店の二階へ通い、恐らく発売後に『拝啓、本が売れません』が並べられるであろう棚の前で、どういうカバーデザインならここで勝ち残れるだろうかとうんうん悩んだ。

そして、「マスに向けたカバー」を作るために、イラストレーターの佐藤おどりさんに装画を依頼した。厳しいスケジュールだったにもかかわらず、佐藤さんは引き受けてくださった。その上、鬼のような早さでラフを描いて打ち合わせに持って来てくださり、私とワタナベ氏を驚かせた。

佐藤さんが描いてくださった装画を、私とワタナベ氏は川谷さんの元へ持って行った。私達は、この本のカバーデザインを川谷康久さんへ依頼したのだ。川谷さんは「わーい、取材受けたら仕事が来た〜」と喜んでくれた。

装画・佐藤おどりさん、装幀・川谷康久さんによる『拝啓、本が売れません』のカバー。

辿り着いたのが、単行本版『拝啓、本が売れません』のカバーである。

**「俺達の冒険はこれからだ」**

さわや書店の松本大介さんからは、こんなメールが届いた。

『《作家が売れる方法を模索する》だけじゃ、本書の読者はカタルシスを得られないのではないでしょうか。額賀さんが売れる方法を掴んだとして、それが活かされるのは次回作ですよね？「この本を読みたい」「この本だから買いたい」と読者に思わせることは、何でしょう？

本書の巻末に「売れる方法」を聞いて実践した短編小説をつけるとか？』

『拝啓、本が売れません』の取材はとても面白く、勉強になることばかりだったが、松本さんの言う通りこの本には一つの欠陥がある。

「本を売る方法」を探し求める旅の中で見つけたものを、この本にはほとんど活かせない、ということだ。三木さんや松本さんや大廣さんや浅野さんや川谷さんから学んだことが実際に額賀澪の本に活きるのは、この本のあとのことだから。

物語の最初に倒すと決意したラスボスを倒せないまま、「俺達の冒険はこれからだ」という終わり方をする。これでは、三木さんの言っていた「デフォルトの読者」が喜ぶ展開にはならない。延々と修業パートばかり見せられて、肝心のラストバトルがないだなんて、スカッと気持ちよく終わらない。

もっともである。

「やばい、流石《さすが》松本さんだ」

新宿の某喫茶店の隅っこでそのメールを読みながら、私は唸った。ワタナベ氏は酸っぱい梅干しでも食べたような顔をしていた。

「取材のときに『絶賛コメントをもらって気持ちよくなるだけのプルーフなんてNGだ』

って言っていただけあって、痛いところ突いてきますねー」

「さーて、どうします？　額賀さん」

松本さんからのメールを、改めて読み返す。巻末に「売れる方法」を聞いて実践した短編小説をつける。松本さんのアイデアは面白そうだった。

面白そう、だけど。

「いかんですよ。松本さんの提案に乗っかるだけじゃ、松本さんは面白がらないっすよ」

自分が出したアイデアが形になったことを喜んでくれるかもしれないけれど、それは松本さんの中から出てきたものだから。他の人がどれだけ面白がっても、肝心の松本さんにとっては新鮮みも驚きもない。

「誰かのアドバイスを作品に反映するときは、そのアドバイスをくれた人の予想を超えるもので返すべきだと思うんですよね」

砂糖をたっぷり入れたカフェオレを飲みながら、しばらくテーブルの天板に額を擦りつけて考えた。その間、ワタナベ氏は「一昨日〆切の原稿がまだ上がってこない！」と嘆きながら著者に電話を繰り返していた。こうならないように気をつけようと私は心から思った。

『拝啓、本が売れません』は、「本を売る方法」を探して作家と編集者が旅をする話だ。これを一つの物語として考えるなら、どういうラストを迎えるべきなのかがわかってくるはずだ。

三木さんが、『タスキメシ』に対してこう言っていた。

「もし僕がこの小説の担当編集で、僕の思う『デフォルトの読者』に向けて本を作ろうとしたら、『タスキメシ』は《食》が勝利の決め手にならないといけない」

そうそう。これを『拝啓、本が売れません』に置き換えるなら、やはり私は、この本を通して得たものを使ってピンチを乗り越えないといけない。一連の取材があったからこそ迎えられるエンディングが、この本にはあるはずなのだ。

カップの底に残った砂糖の固まりをぐいっと飲んで、口の中でざりざりと噛み締めて、考えた。噛むたびに口に広がるざらついた甘みが、私の中に何かを連れてくる。

「……ちょっくら紀尾井町に行って来ます」

席を立つと、ワタナベ氏が飲んでいたコーヒーを吹き出した。

「紀尾井町って、文春ですかっ？」

「それ以外に何がある！」

鞄を抱えて、店を出た。ワタナベ氏が急いで会計をしている声が聞こえたけれど、構わず大通りに出てタクシーに飛び乗った。紀尾井町にある文藝春秋の前で降りて、警備員と受付のお姉さんを躱《かわ》して、エレベーターに滑り込んだ。文藝出版局のあるフロアには、担当編集のY口氏がいた。いてくれた。

「あら額賀さん、突然どうしました」

Y口氏の手には、私が先日送った原稿があった。

実は、『拝啓、本が売れません』の取材と並行して、私は一本の長編小説を書いていた。三木さんにインタビューをした頃にちょうど取材を開始し、松本さんに会いに盛岡に行っている頃、執筆を始めた。大廣さんを渋谷に訪ねた際にちょうど行き詰まっていて、浅野さんや川谷さんを取材した頃が、ラストスパートだった。

そして二〇一七年十二月二十五日に、私はその小説を書き上げた。完成したことがあまりに嬉しくて、夜の街を駆け回った。

『風に恋《こ》う』

デビュー作『屋上のウインドノーツ』以来の吹奏楽小説である。まだ本編も校了していない、もちろん装画など影も形もない。二〇一八年の六〜七月頃に文藝春秋から刊行される、ということだけがぼんやり決まっている本だ。

そして、『拝啓、本が売れません』で学んだことを詰め込むのが、この本になる。

## 『風に恋う』という小説が生まれるまで

この本の中で何度も出てくる『屋上のウインドノーツ』は、私のデビュー作だ。これを書いているとき、私は未来の見えない作家志望の一人だった。

『屋上のウインドノーツ』のおかげで私はいろんな人と出会った。

まず、吹奏楽作家・オザワ部長と知り合った。『みんなのあるある吹奏楽部』（新紀元社）とか『吹部ノート』（ＫＫベストセラーズ）といった吹奏楽に関する本を書いている、恐らく世界でただ一人の吹奏楽作家だ。おかげで、現役の吹奏楽部時代より吹奏楽が好きになった。

テレビや雑誌でしか見たことのなかった吹奏楽の指導者と話ができた。吹奏楽コンクールの課題曲を作った作曲家とも会うことができた。実際に全日本を目指して頑張る現役の吹奏楽部員達の取材もした。自分の母校でもないのに心の底から「頑張れ」と応援したくなる学校と出会った。もっともっと吹奏楽が好きになった。

もちろん、たくさんの編集者と出会った。書店員、イラストレーター、デザイナー、図書館司書……本に関わる世界を生きる、大勢の人に出会った。

一本の小説でここまで多くの人と出会うことができるのだと、改めて《本》とは凄いものなのだと思った。《作家》とは、とても楽しい仕事だと思った。

そんな中で、もう一度吹奏楽を題材に青春小説を書きたいと考えた。それが、『風に恋う』だ。私の十冊目の単行本だ。

同じ吹奏楽小説でも、『屋上のウインドノーツ』とは大きく違う部分がある。それは、私がこの小説を大勢の人と一緒に作ったということだ。『屋上のウインドノーツ』のおかげでいろんな人と出会い、そのおかげで『風に恋う』は生まれた。

私はこの小説が大好きだ。泣きながら小説を書いたのは初めてだったし、書き終わりたくないとここまで強く思った小説もない。

『お前は今、ドヤ顔をしているか？』

執筆中、何度も何度もその問いかけが飛んできた。

『お前が思う《デフォルトの読者》は、この物語を楽しめるか？』

『《キャラクター》を強くするには何が大事だったか忘れてないか？』

取材中に出会ったさまざまな人の言葉が、雨粒のように頭上から降ってきた。

『お前には《一文の力》がある』

『とにかく面白い小説を書け』

『作家の武器は、結局は文章』

『《ものが売れる》っていうのは《いいものを誰かに薦めること》で起こる』

『自分が面白いと思ったものを、丁寧に伝えていく努力をするしかない』

『一つの得意技や個性で勝ち続けていける世の中じゃない』

『お前の得意技は、お前にしかできないわけじゃない』


「Y口氏、『風に恋う』の冒頭二十枚、『拝啓、本が売れません』に載せませんか？」

文藝春秋の文藝出版局のフロアでY口氏に事情を説明した私は、そう頼み込んだ。

『拝啓、本が売れません』の版元はKKベストセラーズ。『風に恋う』の版元は文藝春秋。赤の他人同士の出版社が二つと、両社で原稿を書いている作家が一人。

二つの本を繋げられたら、きっと松本さんは驚く。松本さんの予想を超えられる。三木さんも大廣さんも浅野さんも川谷さんも、きっと面白がるはずだ。

何より、私がこれを凄く《面白い》と思っている。

「私は『風に恋う』に賭けてます。松本清張賞受賞作家のプライドに賭けて『風に恋う』は面白いと思ってます。この本を売りたいです！」

次から松本清張賞の贈呈式でローストビーフ山盛り食べたりしないから！　二次会のスピーチもふざけないでちゃんと真面目なことを話すから！

文藝出版局のフロアで駄々をこねる私の肩を、Y口氏は「まあまあ」と叩いてきた。

「額賀さん、そこまでしなくても面白そうだからぜひやりましょうって思ってるんですけど。ローストビーフも食べていいですから」

「え、本当ですか?」

「いいですよ。とにかく『風に恋う』はいい作品ですから、『拝啓、本が売れません』のラストを飾るのに相応しいと思います。ていうか……」

にやっと笑って、Yロ氏はこう続けた。

「冒頭二十枚だなんて温《ぬる》いこと言ってないで、一章丸々、どどーんと載せたらどうですか?」

「さすが文春だ、そうこなくっちゃ」

「あはは、ありがとうございます」

「私は文春からデビューできて幸せです」とYロ氏とがっちり握手をして、文藝春秋を出た。入り口でワタナベ氏がおろおろしていたけれど、私の提案に彼ものってくれた。

かくして、二〇一八年七月に文藝春秋より刊行する『風に恋う』を、試し読みという形でこの本の巻末につけることになった。

というのが、『拝啓、本が売れません』が単行本として発売された、二〇一八年三月のことだ。

# おまけ

# 『拝啓、本が売れません』のその先

二〇一八年三月に『拝啓、本が売れません』がKKベストセラーズから単行本として発売されました。そして今、皆さんは文庫版の『拝啓、本が売れません』を読んでいます。はてさて、貴方がこの本を読んでいるのは何年でしょうか。本は発売してすぐに読まれるとは限らないので、何年も、ひょっとしたら何十年も未来の人が、この本を読んでいる可能性もあります。その未来でも私は元気に小説家をやっているでしょうか。

私はこの文章を二〇二〇年の三月に書いています。

この二年間で私は何冊も本を出しました。競歩を題材に『競歩王』という小説を書いたり、『タスキメシ』の続編を書いたりしました。当時暮らしていたアパートからも引っ越し、一緒に暮らしていた黒子ちゃんとは、目玉焼きにかけるのは醤油かソースかで大喧嘩をして同居を解消……ということはなく、結局引っ越してもルームシェアをしています。

単行本版のときは巻末に『風に恋う』の試し読みを載せていた『拝啓、本が売れません』ですが、すでに『風に恋う』も刊行され、文庫にもなっています。なので、文庫版『拝啓、本が売れません』では、「その後の話」を記しておこうと思います。「俺達の冒険はこれからだ」の先に何が起こったか、ですね。

## 『拝啓、本が売れません』が発売されて

はてさて、この本が世間からどういう評価を受けるのか。この本を面白がる人はどれくらいいるんだろうか。

そんな風に思いながら発売日を迎えた私とワタナベ氏だったが、幸運にも『拝啓、本が売れません』はよく売れてくれた。

タイトルがよかったのか、新人作家が本を売る方法を探し歩くというコンセプトがよかったのか、取材対象者に興味を持った人が多かったのか。メディアに取り上げられる機会に恵まれ、Ａｍａｚｏｎの「出版マスメディア」カテゴリでベストセラー一位を取った。勢いに任せ、私が会社員時代に通った三省堂書店神保町本店でトークショーを開き、週間ランキング一位（文芸・ノンフィクションジャンル）になってしまったりもした。

「額賀さん、せっかくなので『拝啓、本が売れました』ってタイトルに変えます？」

冗談半分に、ワタナベ氏がそう言っていたくらいだ。

私が一番驚いたのは、この本を出版業界の人、特に同業者である作家さん達が手に取

ってくれたことだ。SNSに賛否両論の感想がさまざま投稿されたことが、『拝啓〜』の売り上げを後押ししてくれたのだと思う。

そのせいか、私は初めて会う作家さんから、

「『拝啓、本が売れません』読みました！　辛くて泣きました！」

「あ、額賀さんって知ってます。《本が売れない本》の人ですよね！」

などと声を掛けられるようになった。《本が売れない本》の人……三木さんに教わったキャラクターの立て方を、何もここで実現しなくてもよかったのに。

『拝啓〜』のおかげで、多くの人と出会った。この本をきっかけに得た仕事もたくさんあり、この本を書いたからこそ書けた小説もたくさんある。韓国から出版イベントのオファーを受け、初めて海外に行けたのだって、『拝啓〜』のおかげだ。

そうやって、新しい出会いや仕事に繫がった本というのは、「いい本」と言えるのだと思う。

## 『風に恋う』発売までのこと

「『拝啓、本が売れません』読みました。今度は僕達が頑張って『風に恋う』を売る番ですね。まずはゲラを読むのが楽しみです」

『拝啓〜』の発売から少したったある日、文藝春秋のプロモーション部のT中氏にそう

声を掛けられた。その後、「『風に恋う』面白かったです。気合い入れて売りましょう」とメッセージが届いた。

『風に恋う』の販促プロジェクトがスタートした。

「額賀さん、まずは内容ですからね！　いい小説あってこその販促ですからね！」

担当編集のY口氏と、何故かワタナベ氏からも繰り返し言い聞かされ、〆切ギリギリまで私は改稿に集中した。三木一馬さん、松本大介さん、大廣直也さん、浅野由香さん、川谷康久さん。五人が口を揃えて「面白い小説を書け」と言っていたのだから、まさかそこを怠るわけにはいかない。三木さんが言っていた通り、私は、『拝啓～』を通して得たものを活かし、『風に恋う』を「売れる本」にしなければならないのだ。

Y口氏の背後でT中氏がごそごそと動いているのを横目に、『拝啓～』に掲載した原稿をブラッシュアップしていった。

**『風に恋う』の装幀と装画**

改稿と並行し、装画や装幀を決める作業も始まった。まずは誰に『風に恋う』の装幀を担当してもらうか、である。実は、ぜひお願いしたいというデザイナーが私の頭の中にはすでにいた。

川谷康久さんである。

『拝啓～』で装幀を担当していただいたこともあって、『風に恋う』が川谷さんの手でどんな外見になるのか、見てみたくて仕方がなかったのだ。

これは文藝春秋のY口氏が「ここは『風に恋う』も川谷さんでしょう」と取り計らってくれた。川谷さんも快く引き受けてくれた。

川谷さんの得意技を活かし、物語の雰囲気を伝え、書店で目を惹くカバーとは？　私、Y口氏、川谷さんとでイメージを共有していく中で、イラストレーターのhikoさんに白羽の矢が立った。

装画・hikoさん、装幀・川谷康久さんによる『風に恋う』のカバー。

『風に恋う』のカバーを作っているときのことは、未だによく覚えている。とても楽しい作業だった。hikoさんのイラストは本当に風が吹いているように綺麗で、川谷さんのデザインで素晴らしいカバーに仕上がった。見本を見たときの感動は未だに覚えている。「イケメンな本にしてもらえてよかったねえ」と、思わず声に出していた。

『風に恋う』のプルーフ。カバーイラストのラフ画を表紙に使い、あらすじや物語のポイントを短くまとめた。

親しくしている学校司書の先生が、『風に恋う』発売後にこんな話をしてくれた。

「生徒達はカバーで本を選ぶことが多いから、綺麗なカバーデザインだと絶対に手に取るの。『風に恋う』は凄いよ。棚の前を通るとみんな手に取るよ。ここ最近ずっと貸し出し中！」

hikoさんと川谷さんの力を、このとき実感した。

## 『風に恋う』のプルーフ

私が改稿をしている間に、担当編集のY口氏とプロモーション部のT中氏は販促会議を繰り返していた。

改稿も一段落ついたある日、Y口氏からこんなメールが届いた。

「額賀さん、プルーフの表紙、作れます？」

プルーフを作って書店に配るなら、＋αで

何か仕掛けがしたい。会議でそういう話になったのだという。

「やったことないですけど、何とかなると思うのでやります」

そう返信した直後、Y口氏からプルーフの表紙と裏表紙に入る素材（あらすじや発売日などの文字情報）が送られてきた。見様見真似で作ったプルーフは、本当に各地の書店に発送された。

さわや書店の松本さんと意見を交わしたプルーフ。「絶賛コメントばかり集めてどうする」と『拝啓〜』に書いていたこともあって、『風に恋う』のプルーフを読んだ何人かから、「〇〇は疑問に思った」とか「××なのが惜しいと思った」という意見が届いた。その中から「なるほど確かにそうだ」と思ったポイントを、最後の最後に修正した。

作者が他人の意見に振り回されてしまうんじゃないか。そんな心配も、もちろんあった。私以上に、担当編集のY口氏の方が心配していたかもしれない。しかし不思議なもので、作者が納得してしまうような指摘は、編集も「確かに」と思うらしい。出航前に船に小さな穴が空いていることを指摘してもらったような気分だった。

## 『風に恋う』販促プロジェクト

文藝春秋のプロモーション部、営業部とチームを作って開始した販促活動だったが、PR動画を作ったり、書店の店頭に飾る色紙を作ったりと、順調に進んでいった。営業やプロモーションを行う人間の顔は見えないことが多いから、頻繁に顔を合わせて知恵を出し合うのは面白い経験だった。「ここにいるみんなで、この本を売ろう！」という、文化祭の前日のような熱っぽい雰囲気がずっと続いていた。

後から振り返ってみると、『風に恋う』を売るためにいいチームが結成できて、チームメイトの頑張りや熱意やアイデアが、上手い方向にすべてはまったのだと思う。


そして二〇一八年七月十三日、『風に恋う』は無事発売された。

発売直後。七月の蒸し暑い夕刻に、私は某喫茶店でクリームソーダを飲んでいた。担当編集・Yロ氏、文春プロモーション部、営業部の面々が集まり、発売したばかりの『風に恋う』をどう売り伸ばしていくかという作戦会議をしていたのだ。

「やっぱりねえ、現役の吹奏楽部員にPRするべきだと思うんですよ。ぜひ読んでもらいたいって思いますもんね！」

何故か会議に参加しているワタナベ氏が、「吹奏楽が盛んな地域、まとめておきました」とリストを取り出す。

「『拝啓、本が売れません』がよく売れた書店でもっともっと展開してもらった方がいいですよ。試し読みをした読者がまだまだいっぱいいるはずです！」

そう言ったのはＫＫベストセラーズの営業担当である。「はい、売り上げのよかった書店さんの一覧！」とこれまたリストを取り出す。

『拝啓〜』に試し読みを載せたとはいえ、彼らからすれば『風に恋う』は違う出版社の本だ。『風に恋う』が売れてもたいして旨味はない……にもかかわらず、二人は熱心に『風に恋う』を売るために知恵を絞ってくれた。「仕事はいいんですか？」と聞くと、いつも「これも立派な仕事です」と答えた。

「『拝啓、本が売れません』のゴールは、『風に恋う』が売れることなんですから」

当時、ワタナベ氏は口癖のようにそんなことを言っていた。

その甲斐あって、『風に恋う』は発売から三週間で重版した。発売直後から店頭で大きく展開してくれた書店員さんが大勢いたことも、大きな支えになった。

その後、六刷まで重版を重ねた。発売直後だけでなく、半年後、一年後、一年半後……とコンスタントに重版を繰り返した。全国各地で入試問題に取り上げてもらい、公益社団法人読書推進運動協議会の「若い人に贈る読書のすすめ２０１９」に選定され、「埼玉県の高校図書館司書が選んだイチオシ本２０１８」にランクインした。

私は今、『風に恋う』を胸を張って自分の代表作だと思っている。何より、「面白い本を作って、多くの人と協力して売った」という成功体験は、私の作家生活における大きな転機になった。

胸を張って「面白い」と言える小説が書ければ、その本は《売れる本》になり得る。先行き不安だった作家人生に、大きな希望が灯った。

## 私は何を得たのだろう

『拝啓、本が売れません』の単行本発売から、随分時間がたった。この本に書かれていることを「遅れてる」と思う人もいるかもしれない（相変わらずな部分もあるかもしれないけれど）。それだけ、出版業界が変化した証拠だろう。

私自身にもさまざまな変化があった。文庫化にあたり、当時を振り返る形で改稿を重ね、カバーデザインを変更したのも、そんな変化をこの本の中で表現したかったからだ。

この本を作るのに協力してくださった人にも、変化があった。

例えば二〇二〇年七月現在、さわや書店の松本大介さんは、書店ではないところで働いている。でもご安心を、書店を離れても、変わらず本にかかわる仕事をしている。

ライトアップの大廣直也さんは、フリーランスとして活動している。

担当編集だったワタナベ氏は、今は違う出版社で編集者をしている。お互い似たような時期に引っ越したら何故かご近所さんになってしまい、担当編集兼飲み友達のようになってしまった。

出版業界を見渡してみれば、作家の数は増え、新しい取り組みを始めた人もたくさんいる。『拝啓～』を書いていた頃と同じ問題に悩んでいる人もいれば、全く別の問題を抱えている人もいる。変えなければいけないのに、なかなか変えられないものもある。だが幸運にも、私がこの本を書く中で得たものは、出版業界がどう変化しても、不変なのだろうと思う。

面白い本を作っても、売れるとは限らない。それでも《面白い本》ではないと絶対に《売れる本》にはなれない。

## 『拝啓、本が売れません』文庫化にあたり

文庫化の折に原稿を読み直して、当時の私は、とてつもなく大きな危機感を抱えていたのだと改めて思った。作家としての自分の未来が見えないことに、随分怯《おび》えていたようだ。

今の私も、相変わらず危機感は覚える。しかし、当時に比べたらその危機感を楽しむだけの余裕がある気がする。少し歳を取り、作家としてのキャリアを少しだけ重ねたから。そして、『拝啓、本が売れません』という本を作り、そこで生まれた大きなうねりのようなものが、『風に恋う』という本の追い風になったからだろうと思っている。

……などと、「自分の頑張りで本を売ったぜ！」なんて顔でここまで書いてきたけれど、

私は自分に見えている景色でしか話ができない。この本を読んでいると、まるで私が行動を起こしたことで本が売れたように見えるかもしれない。しかし、私に見えないところで密《ひそ》かに動いていた人もたくさんいるだろうし、私が見落としてしまった誰かの頑張りだってあっただろう。

『風に恋う』と同じやり方をしても芳しい成績を残せなかった本もある。全く違うやり方で売れた本もある。『風に恋う』も、発売日があと一ヶ月ずれていたら、違う結果になっていたかもしれない。

本を売るとは、それくらい「何が起こるかわからない」ものなのだと、私は今、実感している。上手く行ったやり方が次も通用するとは限らない。同じことが二度、三度と起こせるとは限らない。

私は小説の作り手として地道に《面白い本》を作って、本を売ろうとしている人達と「本を売る方法」を考え続けていきたい。それを楽しみながら、私はこれからも小説家をやっていく予定です。

『拝啓、本が売れません』

そんなタイトルをこの本につけましたが、「出版」とは、「本を作る」とは、まだまだ戦い甲斐のある面白い世界なのだと思います。

# 『拝啓、本が売れません』をここまで読んでくださった方へ

この本を閉じてから、書店で私の小説を買って読んでもらえたらとても嬉しいです。

でも、もし、この本を「面白くなかった」と思い、「こいつの書いた本はもう読まない」と思ったのなら、やはりもう一度書店へ行ってみてください。

そこで、私ではない人の書いた本を探してみてください。

その本は、私ではない誰かが《面白い》と信じて書き、《面白い》と信じた編集者が作り、たくさんの人が《売りたい》と思って走り回り、その結果そこに並んでいる一冊です。

その中には、あなたにとっての《面白い本》があるはずです。

額賀 澪

## 額賀澪　作品紹介

屋上のウインドノーツ（文藝春秋／文春文庫）
ヒトリコ（小学館／小学館文庫）
タスキメシ（小学館／小学館文庫）
さよならクリームソーダ（文藝春秋／文春文庫）
君はレフティ（小学館／小学館文庫）
潮風エスケープ（中央公論新社／中公文庫　＊改題して『夏なんてもういらない』）
ウズタマ（小学館）
完パケ！（講談社）
拝啓、本が売れません（ＫＫベストセラーズ／文春文庫）
風に恋う（文藝春秋／文春文庫）
猫と狸と恋する歌舞伎町（新潮文庫ｎｅｘ）
イシイカナコが笑うなら（ＫＡＤＯＫＡＷＡ）
獣に道は選べない（新潮文庫ｎｅｘ）
小説空の青さを知る人よ（角川文庫／角川つばさ文庫）
競歩王（光文社）
タスキメシ 箱根（小学館）
できない男（集英社）

単行本　二〇一八年三月　ＫＫベストセラーズ刊
ＤＴＰ制作　エヴリ・シンク

文春文庫



拝啓《はいけい》、本《ほん》が売《う》れません

定価はカバーに
表示してあります

2020年7月10日　第1刷

著　者　額《ぬか》賀《が》　澪《みお》
発行者　花田朋子
発行所　株式会社　文藝春秋

東京都千代田区紀尾井町3-23　〒102-8008
TEL　03・3265・1211㈹
文藝春秋ホームページ　http://www.bunshun.co.jp

落丁、乱丁本は、お手数ですが小社製作部宛お送り下さい。送料小社負担でお取替致します。

印刷・図書印刷　製本・加藤製本

Printed in Japan
ISBN978-4-16-791535-3